最親愛的孩子

最愛の子ども

松浦理英子
李彥樺——譯

目次

第一章　主要登場人物

女高中生的特色

二年四班　今里真汐

老師叫我寫一篇以「女高中生的特色」為題目的作文。老實說，我不知道老師到底想要我寫什麼。我當女高中生並不是因為我想當女高中生，只是到了該升學的年紀，所以變成了女高中生。我認為自己身為女高中生並沒有什麼特別的意義。

有同學說「這其實不是什麼作文作業，而是某個大眾媒體或大學研究團隊正在進行女高中生的觀念調查」。我認為這很有可能。因為很多男性大人都對女高中生的生態抱持莫名的興趣。

女高中生之間的流行用語及奇妙的流行裝扮，經常被當成電視節目裡的介紹主題。但是，電視節目最愛提的還是賣春之類的不當性行為。每當談到這個話題，那些擔任特別來賓的中年大叔都會特別興奮。

不知道是不是我的錯覺，當那些中年大叔在談論女高中生的不當性行為時，他們的表情都很激動，甚至有一種莫名其妙的陶醉感。我想他們並不是真正在擔心女高中生，他們的表情就像是故意去逗弄一群不肯乖巧聽話的小動物，藉由這樣的方式來找樂子或發洩情緒。

他們只對女高中生的青春感興趣，卻對男高中生的青春漠不關心，可見得他們的心態一定有問題。男高中生青春的對象可能是女人，也可能是男人，難道這不是值得擔心的事？

還有，聽說男生班從來不曾寫過「女高中生的特色」或「男高中生的特色」之類題目的作文。我認為老師真的應該多關心一下男高中生。

我寫出這種不識相的作文，一定會讓大叔們討厭吧。但這也是沒有辦法的事，我不會對此而心生任何不滿。

放學後，今里真汐被導師唐津綠郎叫進教職員辦公室談話，我們幾個人在教室裡做著自己的事，一邊等著她回來。「一定是要怪我昨天交的作文內容有問題吧。」真汐在離去前丟下這句話，還特地從書包裡取出作文的草稿，放在我們面前。我們輪流取來閱讀之後紛紛嘆氣，各自露出不知該說是無奈還是同情的尷尬笑容。「唉。」「何必故意寫得這麼挑釁？」「真不會做人。」「以後出社會一定會吃苦吧。」大家妳一言我一語地說著。

我們各自以自己的方法打發時間。有人懶洋洋地趴在書桌上，有人盤腿坐在椅子上，有人不斷轉動著僵硬的脖子和肩膀，有人玩著手機，有人拿簽字筆在指甲上畫藤蔓花紋。時間已過下午三點半，陽光開始帶著澄黃色。草森惠文曾經將那顏色形容為「慢慢熬煮出的湯汁」，她的形容實在相當貼切。這種彷彿帶有濃郁氣味的光芒投射進教室內，漫無目的地逗留在教室的我們則被惠文形容成「熬煮完湯汁的小魚乾」。

舞原日夏就沐浴在這黃色的光芒之中。她坐在打橫放置的椅子上，單邊手肘靠著椅背，蹺起二郎腿。這姿勢本身平凡無奇，但她堪稱整個班上最成熟穩重的人。若說其他人是拔掉魚頭和魚肚的小魚乾，那她就是魚頭和魚肚都還沒拔完就扔進鍋裡的小魚乾，硬是比別人多了一股氣勢。日夏是真汐的「公」，雖然沒人能夠說出這個「公」的具體定義，總之大家都認為日夏與真汐的關係就像夫妻一樣。因此日夏率先拿起真汐的作文草稿來讀，等到大家都讀完了之後，作文草稿又回到日夏手上。就在日夏單手接過佐竹由梨乃遞來的作文草稿，並且率性地扔在桌上時，木村美織忍不住說：

「日夏這個動作，簡直像從老百姓手中收下陳情書的女王。」

「咦？我是老百姓？這意思是我的身分很低？」由梨乃表達了不滿。日夏只是淡淡一笑，朝美織瞥了一眼。沒有人在意由梨乃的抗議，大家忙著討論起日夏的性別設定問題。「日夏不是女王，是國王吧？」「真汐的公是女王，那不是很怪嗎？」「不過日夏留著長髮，看起來倒也不像男人。」「『公』只是一種慣稱而已，她們兩個還是女人。」每個人各自提出自己的意見，最後以田中花奈子的一句「性別設定可以依場合需要隨時更改」，勉強算是讓大家都心服了。

就在大家恢復安靜的時候，日夏開口問道：

「當初說這個作文題目是觀念調查的人，是惠文？」

原本正在教室後方晃來晃去的草森惠文停下腳步，轉頭說：

「嗯，當初真不該這麼說。我沒想到真汐會把這句話寫在作文裡。」

「簡直就是對主角造成不良影響的登場角色。」

久武冬美的一雙眼眸依然直盯著厚厚的書本，只伸出食指指著惠文說。惠文被冬美這麼一指，問了一句：「妳還在看那種翻開第一頁寫著『主要登場人物』的小說？」她伸手奪下書本、拉開包在外頭的書套，一看那本書的封面，吃驚地大喊：「天啊，原來是斑尾椀太郎大師的作品。」於是她將書放在身旁的椅子上，朝著書屈膝跪倒，嘴裡說著：「請原諒小的無禮。」冬美以冰冷的眼神俯視惠文，反擊道：「妳以為我只會看寫著『主要登場人物』的小說？一個人太瞧不起別人，遲早會吃癟的。」惠文回答：「我沒有瞧不起妳，也沒有瞧不起任何一本書。我只是想鬧妳而已。」說完了這句辯解之詞，惠文對著書本雙手合十膜拜，嘴裡呢喃說著：「椀太郎大師，您的大作非常好看……」

教室的前後門都是敞開的狀態，通過外頭走廊的學生們瞥見我們逗留在教室裡，紛紛露出「她們在做什麼」的納悶表情。有幾個男生還特地探頭進來對我們上下打量。就在他們縮回脖子不久，我們便聽見那群男生同時以低沉粗獷的嗓音哈哈大笑，笑聲逐漸遠去。但此刻的我們一點也不想知道他們在笑什麼，所有人的目光都不約而同地聚集在日夏身上。率先開口的是二谷郁子。

「妳身為真汐的公，怎麼不教她一點圓滑的處世之道？」

「我就是喜歡她的固執。她從讀國中部時就是這種個性。」

郁子聽了日夏這直爽的答案，將手裡的體育報紙捲成了棒狀，湊到日夏面前，既像是麥克風，又像是加長版的食指。

「難道妳希望她因為這份固執一直吃苦？」

「嗯，我想看她遍體鱗傷的模樣。」

「當真？」

「難道妳不想？」

「聽起來不錯，要是她在身心俱疲之後逞凶殺人……等等，我在想什麼啊？」

郁子彷彿為了讓自己恢復理性，將手中的棒狀報紙拋了出去。

「好痛！」

冬美忽然大喊。惠文遲遲不還她書，她只好特地起身去拿回書，正轉身要走回座位時，剛好被郁子扔出的報紙砸中了頭。

「對不起、對不起。」郁子向她道歉，卻也忍俊不禁，「冬美，妳真的很倒楣。妳要是在椰子樹下睡午覺，一定會被椰子砸個正著。」

「我才不會在那種危險的地方睡午覺。」

冬美拾起報紙朝郁子扔去，郁子任由報紙打中自己的胸口，嘴裡依然笑個不停。

靈魂的描邊儀式

就在這小小的騷動之中，須永素子忽然開口：

「妳們好像忘了，那是我的報紙。」

「抱歉，上頭有達比大大？」

郁子慌忙轉頭，只見素子正低頭看著自己桌上的透明文件夾，露出一臉疼惜呵護的表情。在透明文件夾內面露微笑的人物，正是頭戴日本火腿鬥士隊球帽的職棒選手達比修有。

「放心，早就剪下來保存了。」

在這一問一答的過程中，其他人全都保持著沉默。大家都忙著在心裡咀嚼剛剛日夏那幾句話。對於日夏出人意料之外的特殊情感，大家覺得有趣的同時，卻也在心裡認真煩惱著該如何處置這個驚人的發現。要封存在記憶的深處？要忘了它？還是要依照自己的喜好加工修改後再保存？因此當穗苅希和子對著跟日夏分坐同一張椅子的藥井空穗問了一句「空穗，妳怎麼看」的時候，大家都鬆一口氣，感覺找到了轉換心情的手段。

「妳問的是真汐的事嗎？我認為她最好還是改掉固執的毛病。」

日夏與真汐是「夫妻」，而空穗是她們的「孩子」。她忙著與坐在前方座位的花奈子一起在紙上塗鴉，滿不在乎地說出了這個回答。「好臭屁的孩子。」美織兩眼一瞪，對著日夏以唯恐天下不亂的口氣說：「妳聽聽，不處理一下嗎？」日夏氣定神閒地微微一笑，應了一句：「該解決的問題，等等統一處理。」接著她轉頭問空穗：「妳認為應該怎麼做，才能讓她改掉這個性格？」空穗這次連頭也沒抬，手上依然畫個不停，只是嘴裡應道：

「我也不知道，反正先許願看看。我現在正在做呢。花奈在幫忙我。」

「妳不是在塗鴉嗎？」

希和子仔細一瞧，空穗與花奈子正在真汐作文草稿用紙的邊緣畫上密密麻麻的圖案。「那是什麼？」希和子詫異地問道。

「讓真汐靈魂的邊緣多一點滋潤和熱鬧感的許願儀式。」

「咦？這是許願儀式？」花奈子說：「我還以為我們只是無聊在打發時間。」

日夏於是轉身面對桌子，其他人也都聚集在日夏和空穗所坐的座位周圍。作文稿紙上下邊緣約三公分左右的留白處，被她們畫滿了叢林、花草、鹿、牛、山貓等圖案。

「看起來是拉斯科洞窟壁畫[1]。」「好像峇里島的蠟染圖紋。」「像是納斯卡文明[2]的地面畫。」「是澳洲原住民的傳統圖騰。」大家紛紛以自己的方式來形容她們的圖畫風格。空穗與花奈子的作畫手法細膩到幾乎可說是病態的程度，所有空白區域幾乎完全填滿線條，那細緻的紋路看起來確實很像融入了某種特別意念。稿紙左右邊緣空白處目前只畫上一些簡單的線條，如果再給她們一些時間，想必連左右的空白處也會被填滿吧。想像那描邊儀式完成後的作文稿紙，肯定相當美麗且帶有特別韻味。但是被這華麗邊框包圍的東西，卻只是真汐筆下赤裸裸的感想。這個邊框真的能對真汐那激昂的情緒產生降溫效果嗎？不，搞不好反而會對真汐的靈魂產生讚頌作用，讓她永遠維持現在的狀態。大家不禁產生這樣的擔憂，是因為感受到真汐的叛逆心實在太強的關係嗎？就連真汐的筆跡，看起來也帶有獨特的風格，儼然是圖案設計的一部分。花奈子的畫功堪稱二年四班第一，但真汐的筆跡也相當帥氣，與花奈子筆下的圖騰相比毫不遜色。正因如此，大家

1　拉斯科洞窟壁畫：位於法國多爾多涅省蒙特涅克村的著名石器時代洞穴壁畫，獲選為世界遺產。

2　納斯卡文明：大約西元七〇〇年前繁榮於現今祕魯納斯卡地區一帶的文明，以其巨大的地面線條圖騰而聞名。

不由得將完成後的稿紙想像成守護真汐靈魂的護符，說起來也是不無道理。

日夏心裡又作何感想呢？只見她以手肘朝著身旁的空穗輕輕一頂，說了一句「妳只是在玩而已吧」，表情跟平常毫無不同。「不要打擾我們的神聖儀式。」當空穗如此提出抗議的時候，日夏的表情才有了細微的變化。

「我不管神聖不神聖。等真汐回來，妳可以跟她這麼說說看。她如果知道這是要她改掉固執性格的許願儀式，妳覺得她會開心嗎？」

空穗臉上頓時露出不妙的表情。我們立即在一旁附和日夏，嚷嚷著「真汐一定會不開心」「她一定會生氣」「空穗快要被媽媽拋棄了」等揶揄之詞。「只有空穗會被罵，對吧？沒我的事，對吧？」花奈子在一旁問道。「當然。」日夏回了這句話之後，轉頭面對空穗，以一副樂在其中的口吻說：「現在妳認為應該怎麼辦？」她同時伸出手，以食指及中指指背輕拍空穗那看起來相當柔軟的臉頰。空穗急了，抱怨道：「妳們別說不就行了？」「不，我要說。」日夏回答。「如果妳說了，那我也要告訴真汐，日夏說『想看真汐遍體鱗傷的模樣』。」空穗盡全力反抗，日夏卻用取笑的口吻接著說：「妳想說就說吧，我跟真汐的關係不會因為這點小事動搖的。」日夏說完這句話後，以指尖按了按空穗的臉頰，接著又肆無忌憚地在她的臉頰上輕搓。空穗是日夏與真汐的所有物，日夏與真汐想對她做什麼都可以。

「真是太可怕了，爸爸竟然威脅孩子『你說了媽媽的壞話，等媽媽回來我要告狀』。」

惠文說完，搖搖擺擺地走向教室後方的小黑板。其他人看見惠文畫在小黑板上的可怕家庭悲劇，都不由得全身發毛。就在此時，希和子忽然問出一句跟原本話題八竿子打不著的問題。

「日夏跟真汐已經發生過肉體關係了？」

我們每個人都抱持過相同疑問，但沒有人敢問出口。為何此時希和子突然有了這樣的勇氣？事後她形容當時的情況是「因為想睡覺的關係，腦袋昏昏沉沉，不知不覺就脫口而出了」。日夏當然不會老實回答這種攸關個人隱私的問題，這點我們都心知肚明，但突然聽見平常壓抑在心中的疑問，每個人都不由得面紅耳赤，胸口產生一種宛如陷入熱戀般的悸動感。另一方面，大家也擔心日夏可能會勃然大怒，或是以辛辣的字眼展開反擊。只見日夏停下原本正在玩弄空穗臉頰的動作，轉頭望向希和子，這段時間令我們感覺異常漫長。

最後日夏只是笑嘻嘻地說：

「我才不會輕易告訴妳們。」

提出問題的希和子自己似乎也相當緊張，她聽了日夏的回答後露出如釋重負的表情，勉強應了一句：「我就知道，妳不會輕易告訴我們。」這時美織接話：「希和子恐怕對自己的父母也會問出『你們現在還會做愛嗎』這種話。」希和子一聽，頓時瞪大眼睛說：「我怎麼可能問那種問題？」其他人也紛紛將槍口指向希和子。「不，一定會問。」「問完父母，還會問爺爺奶奶。」「接著再問住隔壁的叔叔阿姨。」就在大家妳一言我一語地說得起勁時，日夏忽然發出接近呻吟的呼喊：「哇！妳竟然舔我的手！」大家轉頭一看，日夏正忙著將原本玩弄著空穗臉頰的手掌往空穗的制服上擦去。「別亂擦，就算是自己的口水也很髒。」空穗邊說邊閃躲。「別人的口水更髒！」日夏露出打從心底感到不舒服的表情。

「就算是心愛的孩子，也不希望她的口水沾在自己身上。」

惠文開口，她正站在教室後頭的小黑板旁邊，手上拿著粉筆。

「妳在寫什麼？」冬美走了過去，讀起小黑板上頭的字，「『主要登場人物』……這是什麼？久武冬美……這不是我嗎？目擊者？什麼意思？」

「久武冬美」這名字底下大約空了兩格的位置，寫著「目擊者」三字。

「什麼事情的目擊者？田中花奈子，目擊者、畫家……因為她很會畫圖？二谷郁子，目擊者、鋼琴師……嗯，她確實會彈鋼琴，但為什麼大家都是目擊者？」

就在冬美喋喋不休之際，井上亞紗美及鈴木千鶴從教室前門走了進來。她們都穿著網球裝。

「我看見真汐在教職員辦公室外的走廊上跟藤卷老師說話。」千鶴告訴大家。

「跟藤卷說話？為什麼？」由梨乃一臉狐疑。

「我也不知道為什麼。或許藤卷跟她交情不錯吧。」

「他們交情不錯嗎？」

由梨乃轉頭問日夏，日夏也納悶地歪過了頭。

「那我們先走了。」亞紗美與千鶴朝我們揮揮手，正要走出教室。此時郁子忽然大喊一聲：「千鶴！Umbrella！」接著拿起一把平常總是放在教室裡的廉價塑膠雨傘，以橫放的狀態朝千鶴拋去。「又來了？」千鶴接下雨傘，不耐煩地咕噥一聲。但她旋即雙手握住雨傘兩端，將雨傘舉過頭頂擺在肩膀上方、再轉過雨傘刺向前方，接著將雨傘甩一大圈、傘尖抵在身後的地面，最後全身後仰擺出帥氣姿勢。由於千鶴長得與巴貝多[3]出身的節奏藍調歌手蕾哈娜有幾分相似，大家總是喜歡叫她模仿蕾哈娜的舞蹈動作。「酷斃了！千鶴！簡直就是蕾哈娜！」「看看那雙美腿！」「五官輪廓好深！」此時大家紛紛喝采。「對，我就是長相古怪、但想成是蕾哈娜就有點可愛的日本人。」千鶴丟下一句牢騷，與她的網球社同伴亞紗美一同離開了。

此時教室後頭又傳來了粉筆在黑板上碰撞的脆硬聲響，以及冬美的說話聲。

「井上亞紗美，目擊者。鈴木千鶴，目擊者。藤卷英洋，生物教師……這到底是什麼？」

日夏轉過頭來問道：

「角色分配表？惠文是什麼角色？黑暗帝王？」

「我可不敢僭越。」惠文慌忙搖頭。

「惠文有時說起話來像在演古裝劇。」冬美發表了自己的感想之後，相當識趣地繼續念出小黑板上的文字，「草森惠文，記錄者？這角色未免太帥了吧？」

「不然改成『值日生』好了。」

惠文以手掌抹去「記錄者」三個字，忽然嘴裡嘀咕了一句：「不要，我還是想當記錄者。」於是又重新寫上「記錄者」三字。

日夏此時舉起手表看了一眼。大家彷彿受到了暗示一般，有人開始拿出手機，有人從書包取出鏡子，有人趴倒在桌上，整個教室瞬間陷入一股百無聊賴的氛圍。厭煩了等待的感覺，卻又懶得起身離開，只好沉浸在百無聊賴的世界裡。我們彷彿繼續受到熬

3　巴貝多：位於加勒比海西印度群島內的島國。

煮，陽光那宛如高湯般的顏色也越來越濃了。

踐踏純潔之物的舞步

突然間，走廊傳來急促的腳步聲，下一秒，一個男生忽然從前門跌進教室內，腰際在地板上摩擦了將近半公尺。對方顯得驚惶失措，一張臉脹得通紅。他趕緊起身奔出教室，緊接著走廊上響起一陣沙啞低沉的歡笑聲，聽起來有點像是快速敲打的鼓聲。男生們的這種惡作劇，已經不是第一次了。有時甚至會有男生被同伴拋進女生廁所。我們早已習以為常，心裡只是想著「又來了」。有人默默看著手機，有人默默將吸油面紙貼在鼻梁上，有人默默抓著自己的腳，有人默默露出苦笑。

過了一會，又有另一名男生出現在門外。他的腰桿挺得筆直，身上的藍色學生西裝外套以毛刷刷得平滑油亮，絲毫沒有扭曲變形，脖子上的領帶也打出了整整齊齊的中央凹痕。這個五官眉清目秀的男生走進教室，步伐毫無遲疑，簡直像步入極為熟悉的環境。走廊上響起了尖銳的口哨聲。他的臉色並不凶惡，但也沒有絲毫笑容，只是散發出一股難以言喻的強烈意念。我們全都默默凝視著他，最後他在日夏的面前停下了腳步。

「舞原，這個給妳。」男生說著，手伸進外套內側的口袋。

他拿出一枚摺得小小的紙，遞到日夏面前。由於沒有放在信封裡，看起來應該不是情書。總之是個不尋常的東西，我們全都繃緊了神經。然而那張摺起的紙一直停留在半空中，因為日夏依然雙手交叉在胸前，絲毫沒有伸手接過的意思。男生與日夏對看一會，最後放棄交到日夏手中，他輕輕點頭、露出斯文的微笑，將紙放在日夏與空穗面前的桌子上。接著，他有如外國電影裡的成熟男人，以優雅的動作轉身走出了教室。

「日夏，妳認識他？」

花奈子問道。日夏用冰冷的視線目送男生離去，開口說道：

「只是知道有這個人。」

旁邊的空穗忽然興奮地說：

「這是什麼？該不會是色情照片吧？我能打開來看嗎？」

空穗在眾人的期待之中拿了起來。紙質看起來是影印紙，摺了三摺，攤開後是Ａ４尺寸。空穗打開一看，瞪著眼睛呢喃說道：

「真的是色情照片。」

我們所有人全擠到日夏和空穗身邊。那看起來像從網路上列印下來的圖片是個全身赤裸的金髮白人女子，乳房大得不可思議，從根部到前端差不多有五十公分。下體的陰毛為紅褐色，與頭髮的顏色不同。背景看起來是浴室，女人站在磁磚上擺著火辣的姿勢。「哇！」「真無聊。」「修過圖？」「這胸部簡直像妖怪。」「我哥那裡還有更好笑的色情照。」我們各自帶著亢奮的心情說出感想。日夏面無表情地望向教室門口，她的視線前方是好幾個探頭進教室裡的男生，顯然他們都在等著看日夏的反應。

日夏將那張有點滑稽的色情照扔到地上。門口有個男生喊了一句「裝什麼清純」，日夏絲毫不以為意，她一腳踩在紙上，接著整個人站了起來，在紙上踏步。我們正覺得她那踩著小碎步的模樣有點像在跳舞，沒想到下一秒，她開始扭腰擺臀，真的跳起舞來。她的腳步時強時弱，腰部動作靈活俐落，加上輕輕擺動的雙手，整個人在色情照片上手舞足蹈。在門口男生們的默默注視下，那張紙被日夏踩得髒汙破損，最後日夏將紙一腳踢開。

「原來日夏會跳舞。」素子發出讚嘆聲。「妳不知道嗎？她有時會像這樣跳舞呢。」郁子回應。「但她跳的都是戰鬥之舞。」希和子跟著說：「而且她還為那種舞步取了名字，叫什麼呢……？好像是踐踏什麼的舞步……不是踐踏規則，也不是踐踏前例……日夏，是踐踏什麼啊？」希和子轉頭問日夏，這時日夏已坐回椅子上，她回答：「踐踏尊嚴的舞步。」

「才不是呢。」希和子搖了搖頭。

「踐踏純潔之物的舞步。」

「少騙人了，不是那種故作下流的名稱。好像也不是踐踏脆弱心靈……唉，為什麼妳不肯老實說出來？」

希和子臉上帶著焦躁的表情，日夏卻露出戲謔的微笑，不再開口說話。

男生們似乎感到無趣，魚貫離開了教室門口，最後走得一個也不剩。教室內恢復鴉雀無聲，只聽得見惠文在小黑板上寫字的聲音。她在小黑板上寫的是「男學生　路人或侵入者」，但這次冬美沒有再念出來。

沒多久，真汐臭著一張臉走進教室。我們之中有人對她喊了一聲「妳回來了」，她對著發出聲音的方向露出有氣無力的微笑，快步朝向日夏與空穗走去。就在即將走到兩人面前的時候，真汐忽然看見地上那張紙。她停下腳步仔細查看，突然看懂了圖片的內容，嘴裡嘀咕一句「什麼呀」，將紙踢向一旁。坐在旁邊的人也朝著紙踢一腳，另一人又踢了一腳，就這麼一個個傳下去，最後那張紙被踢到了教室最後頭。接著我們像是突然想了起來一樣，開始談論起這件事。

「剛剛那些男生到底想幹什麼？」

「拿紙進來的那個男生，好像姓鞠村吧。我從讀國中部時就記得他的長相跟姓氏。」

「態度有點臭屁，相當引人注意。」

「有一次，我在走廊上看他的鑰匙掉了，幫他撿了起來。他客客氣氣地對我說『謝謝』，卻是皮笑肉不笑，反而是他旁邊的男生笑得很開心。」

真汐坐下來，喘口氣後說：

「剛剛我在走廊上遇見那個鞠村，他看著我的臉，忽然說了一句『妳個性單純，我原諒妳』。」

「哇，他在說什麼啊？」

幾個人同時大喊。

「為什麼我得接受他的原諒？」

真汐不屑地說。此時素子告訴大家：

「我跟他讀同一所國小，他的全名叫鞠村尋斗。」

「咦？真的嗎？」

「那傢伙從小就是天不怕地不怕的態度，是男生群的老大，在班上呼風喚雨。」

這句話一出口，立刻引起一陣小小的騷動。

「我懂，他就是這種人。」

「更氣人的是他長得還不錯。」

「為什麼他要故意找日夏的麻煩？」

「幸好我們學校分成男女生班。要是跟那種可怕的男生同班，每天累都累死了。」

家庭的成員

日夏並沒有參與話題，向真汐問道：

「唐津跟妳說了什麼？」

「果然是那篇作文的問題。」真汐露出一臉無趣的表情，「他說『妳好像不太開心，是不是對生活有什麼不滿』，我回答沒有，後來他就跟我閒聊了起來。」

「其實他不是個壞人。」美織笑著說。

「太不壞也是個問題。」花奈子接話。

日夏又問真汐：

「藤卷呢？他又跟妳說了什麼？」

「他要我『沒事別故意惹麻煩』，我又沒那個意思。」

真汐雖然嘴上抱怨，但表情已不像剛剛那麼不耐煩。

「藤卷特地跑來跟妳說這個？」

「我也不知道他是怎麼回事，突然就看見他走到我身邊。」

日夏與真汐沒有繼續交談，我們這幾個圍繞在旁邊的人反而各自發表起高見。「我投『藤卷喜歡真汐』一票。」「加我一票。」「第三票，我知道他常偷看真汐。」「看來他是個看到偏激少女就難以丟下不管的怪異大叔，第四票。」真汐忍不住說了一句：「為什麼妳們會這麼覺得？」日夏解釋道：「她們只是得了八卦飢渴症。」我們一聽，更是肆無忌憚地瞎起鬨。「沒錯，說對了。」「所以拜託妳幹點什麼。」「鬧出一點事情來。」「再加一張期待票。」「但真汐跟藤卷都是已婚人士，恐怕劇情不會多浪漫。」

「為什麼我得跟那種年過三十的大叔幹點什麼？」真汐皺著眉頭說：「對了，妳們怎麼都還沒回家？」

我們盡可能擠出燦爛的笑容。

「沒什麼特別的理由。」

「這叫隨波逐流。不，隨遇而安。」

空穗突然說話了。由於真汐這時正站著，空穗的高度差不多到她的胸口。

「我說說我的看法。我認為大家只是想看真汐哭得一把眼淚、一把鼻涕地回來。」

這句話說中了我們的心聲。因此當真汐望向我們時，我們趕緊移開了視線，還有人偷偷敲了空穗的後腦杓一記。但真汐卻將矛頭指向了空穗。

「妳說這句話，有證據嗎？」

真汐邊說邊伸出手，食指的指尖抵在空穗頭部側邊。空穗只將視線移往真汐的方向，以畏畏縮縮的口吻說：

「我沒有物證，但是……」

「但是什麼？」

真汐抵在空穗側頭部的指尖慢慢往下滑。空穗留意著真汐的手指動作，繼續說道：

「我感覺得出來。」

「感覺？這種事情可以靠感覺決定？」

真汐撥開空穗的頭髮，指尖插入空穗的耳中。空穗身體一縮，整個人往後閃躲，腦袋卻剛好與旁邊日夏的頭撞個正著。「啊，對不起。」空穗趕緊道歉。日夏單手抓住空穗的頭，朝真汐的方向推去，宛如要還給真汐一般。真汐兩手接下，接著雙手手指在空穗的頭上不斷遊移、輕撫。與其說是溫柔撫摸，看起來更接近將空穗的頭拿在手上把玩。真汐及日夏經常像這樣在空穗的身上撫摸。站在教室後方的惠文忍不住問了一句：

「調教的時間到了？」

「姑且不論其他人想不想，至少妳很想看我哭得一把眼淚、一把鼻涕地回來，對吧？」

「其實也不到很想的程度……」

空穗的頭部隨著真汐的撫摸動作左右搖擺。日夏抓住空穗的下巴想要固定，但由於真汐按壓的力道較強，空穗的腦袋還是微微晃動。

「妳倒是說說看，為什麼妳想看我一把眼淚、一把鼻涕？」

真汐不再撫摸，改成以食指的指尖按住空穗的嘴角。空穗的頭部再次微微傾斜。

「怎麼不回答？」

空穗露出苦惱的表情，結結巴巴地說：

「因為真汐經常看起來很不甘心的樣子。雖然妳從來不哭，但我可以看得出來妳皮膚底下的感情正在沸騰，所以我想看看妳強忍不住而掉下眼淚的模樣。」

真汐哼笑一聲，輕拉空穗的頭髮，開口說道：

「那妳怎麼不親自弄哭我？」

「不可能啦，我沒有那種野心。」空穗回答。

旁邊的日夏噗哧一笑說：

「那是野心嗎？空穗，我看妳得重新學學說話才行。」

日夏放開原本按著空穗下巴的手，開始以指尖從兩側在空穗的下巴及臉上其他部位做出類似夾或捏的動作。

「妳還得學做料理、學寫字。對了，要不要順便學學電腦？」

真汐這麼說，從另外一側做出相同的動作，玩弄起空穗的臉。

「還有餐桌禮儀。」

「不只餐桌禮儀，是全部的禮儀。另外還得學如何打招呼。」

空穗的嘴唇被拉起，看起來像是卡通裡的鴨子。同時臉頰的皮膚被往下推擠，露出下眼皮裡側的紅色部位，上眼皮也垂了下來，看起來更像鴨子了。接著她的臉頰又被擠往整張臉正中間，這個動作也讓她看起來像鴨子。因此在我們這些旁觀者眼裡，空穗的臉基本上就是卡通裡的鴨子。

日夏與真汐雖然不停把玩著空穗的臉，但是對於臉部表情的各種古怪變化似乎並不特別感興趣。或許是做過太多次這樣的舉動，令她們感到有趣的已不再是臉部扭曲造成的滑稽表情，而是手指在臉部肌肉感受到的軟嫩、光滑和彈性。兩人不斷動著手指，眼眸卻都只是茫然凝視著半空中。或許她們雖然持續玩著這個遊戲，但內心早已在感慨「這有點無聊」。

比起身為當事人的她們，說不定我們這些旁觀者反而更加樂在其中。我們甚至還看過日夏和真汐親吻空穗的臉頰。就在當下這一刻，日夏又在空穗的臉頰上一吻，真汐也拉近空穗的腦袋，在她額頭的髮際位置親了一下。我們目睹這期待已久的畫面，內心都有種酥麻的快感。

「孩子是父母的玩具。」惠文拍去手上的粉筆灰，湊近我們說道：「差不多該走了。」

「嗯，也對。」

我們各自抬起沉重的臀部，拿起了書包。

「日夏，妳們呢？」

「噢，我們也要回去了。」

日夏和真汐捏著空穗的臉頰說道。空穗雖然處在這種狀態，似乎也勉強點了點頭。

我們橫越即將變暗的校園。夕陽的餘暉變得越來越紅，彷彿熬煮的湯汁已然腐臭。

一群人懶懶散散地走向校門口，素子或許是為了打發無聊的時間，說了一句：「人家說棒球場的地底下埋了一大筆錢[4]，我們的校園地底下怎麼沒有？」惠文以戲謔的口吻回答：「有啊，不信妳挖挖看。」素子立即反擊：「只有妳今天早上埋的大便吧。就在那棵櫸樹下。」遠處的網球場上有兩道人影朝著我們揮手，似乎是亞紗美及千鶴。

從教室走到校門的過程枯燥無聊得宛如一天那麼漫長。「到底要去哪裡，才能找到青春燦爛的女高中生校園生活？」我們的腦海閃過這個疑問。但是另一方面，我們也不禁認為「將來畢業之後，當我們回憶起一成不變的高中生活時，或許最常浮現在我們眼前的，就是像今天這樣在放學後的教室裡、看著日夏和真汐玩弄著空穗臉頰的畫面」。這就是我們的日常生活。

離開教室前，我們看了惠文最後以紅色粉筆填在小黑板上的文字。上頭這麼寫著……

舞原日夏　爸爸

今里真汐　媽媽

藥井空穗　王子

4　日本俗諺，比喻棒球選手只要肯上進，一定能賺大錢。

主要登場人物（角色分配表）

私立玉藻學園高中部　二年四班

舞原日夏　爸爸
今里真汐　媽媽
藥井空穗　王子

木村美織　目擊者、煽情類資訊蒐集者
草森惠文　目擊者、記錄者
田中花奈子　目擊者、畫家
二谷郁子　目擊者、鋼琴師
穗苅希和子　目擊者、意念奉獻者

井上亞紗美　目擊者、網球社、與磯貝典行是青梅竹馬
佐竹由梨乃　目擊者
鈴木千鶴　目擊者、網球社、蕾哈娜的翻版
須永素子　目擊者、達比修有的粉絲
久武冬美　目擊者、會被椰子砸中頭的倒楣種族
城島環　目擊者、籃球社

別班
蓮東苑子　美少女

男生班
鞠村尋斗　男生班的老大
磯貝典行　井上亞紗美的青梅竹馬

教師

唐津綠郎　級任導師、英文教師

藤卷英洋　生物教師

持田辰藏　滿臉橫肉的學年副主任

學生家長

伊都子　藥井空穗的母親

第二章　羅曼史的原形

剛開始，有個孩子……

「爸爸」、「媽媽」、「王子」這個角色設定是誰想出來的，我們已經不記得了。明明三個人都是不可能被誤認為男人的女人，為什麼日夏是「爸爸」，而空穗是「王子」？空穗的外貌明明就是個平易近人的老百姓，為什麼是「王子」？如果空穗是「王子」，那身為「爸爸」、「媽媽」的日夏和真汐是國王和王后嗎？她們統治的是什麼國家？對於這些疑問，沒有人能夠負起責任作出合理解釋。

「傳說不就是這麼回事嗎？沒有人知道第一個說出口的人是誰，劇情設定上也是籠統模糊，想怎麼說就怎麼說。」草森惠文解釋：「所有著名的傳說，都會在傳承的過程中被人依照不同需求加入各種要素，導致故事越來越複雜，毫無道理可言。」

惠文對現代文及古文非常拿手，兩個科目的老師都對她說過「妳可以不用來上課」。因此只要惠文談論起與文學有關的想法，大家通常都會虛心接受。但是另一方面，她對數學完全沒輒，還曾經說過「我只要看到算式就頭痛，大腦好像都要液化了」。據說有一次她在煩惱了很久之後，跑去找數學老師，一臉認真地對數學老師說：「我不管再怎麼努力，也不可能學會數學，請允許我不用來上課，好嗎？」數學老師是關西人，他朝著惠文大罵一聲「傻瓜蛋」，聲音即使是在教職員辦公室外的走廊也聽得一清二楚。聽說當時惠文嚇得整個人跳起來，轉身倉皇逃走。

關於那一家三口的起源，惠文照例用她韻味十足的詞句來加以描述。

「剛開始，有個孩子，孤零零的孩子。」

若要追溯她們的故事，大致上是這樣的。

我們就讀的是神奈川縣的私立玉藻學園。這所學校的絕大部分學生，都是從國中部開始就讀。但也有少數學生是中途進來就讀高中部，空穗也是其中之一。在一個班上同學早已在國中三年混熟的班級裡，新同學當然會成為眾人注目的焦點。不過空穗的個性屬於文靜內向的類型，因此她在一年級的第一學期並沒有吸引太多的目光。她從來不曾主動發言或加入其他人的小圈子，但也沒有完全遭到孤立。例如每到中午的時候，會有一群特別要好的同學聚集在一起吃飯，空穗的座位跟她們隔了一條走道，她們偶爾會有一句沒一句地向空穗搭話。就在空穗與周圍同學維持著平淡的交流約半年後，同學之中漸漸有人說出「她是什麼時候來的，我怎麼想不起來了」之類的話。

空穗開始受到所有人的注意，是在第二學期初的時候。有一次，一大群同學相約放學後去唱歌。不知是誰邀了空穗，總之她也混在這一大群人之中。剛開始，她只是靜靜聽著同學們唱歌，後來大家勸她也唱一首，於是她唱了麥可．傑克森十三歲時的第一首個人單曲〈Got to Be There〉。歌聲一出，整個KTV包廂頓時被歌聲及聆聽者的讚嘆聲所籠罩，包廂內的空氣隨之劇烈震盪。所有人都不禁凝視著手握麥克風的空穗。麥可．傑克森在唱這首歌的時候，聲音屬於男童聲高音，能夠以這個音域唱歌的十多歲少女並不算少，但能夠在唱出高音的同時依然維持歌聲宏亮而強勁的少女卻不多。空穗的歌聲就像是水晶一樣，不僅宏亮又晶瑩剔透、光采奪目。

當然空穗並不具備麥可．傑克森那種纖細的詮釋能力，但憑藉著音質和音量，要吸引旁人聆聽她的歌聲已是綽綽有餘。再加上她平日文靜形象帶來的強烈對比，更是讓全場同學為之驚豔。同學之一在事後如此形容當時的感受：「真是嚇死我了，簡直像是看見人偶突然灌入靈魂，變成了活人。」大家仔細觀察空穗，發現她是個凡事不縈於懷的人，簡直就像是個完全沒發現自己已經迷路的孩子，依然自顧自地摸摸野貓、摘摘野花，沉浸在獨自一人的世界。她在包廂內唱出麥可．傑克森的歌，也不是故意為了耍帥，而是完全投入於獨自一人的歌唱世界之中。自從大家發現她這種天真無邪的性格後，即使是在教室裡，她在同學們的心中也有了一定的分量。

一年級的時候，日夏、真汐與空穗並不同班。當時她們兩人在不在場，大家也不記得了。不過那天的KTV聚會，所有女生班裡愛唱歌的女生幾乎都參加了，所以她們兩人也在場的可能性並不低。上了二年級後，三個人編在同一班，日夏與真汐彷彿早已等著這一天，立刻開始接近空穗，並且將她占為己有。由這個狀況推想起來，日夏與真汐很可能就跟其他同學一樣，在那天聽見空穗的歌聲，並在心中種下感情的種子，對空穗逐漸萌生一股憐愛之情。更重要的一點，是空穗在學校生活中的每個重要環節，日夏與真汐都不應該缺席。因此她們三人的故事，無論如何必須從麥可．傑克森的〈Got to Be There〉開始。

空穗雖然個性怕生又內向，但遇到主動示好的人，卻能夠在很短暫的時間裡建立感情。因此不久之後，大家便看見空穗置身在日夏和真汐之間、露出充滿稚氣且完全不設心防的笑容。當然這方面也是由於日夏與真汐為了博得空穗的好感，可說是用盡了手段。空穗不會使用手機，她們教她如何設定來電鈴聲；空穗覺得制服的裙子半長不短實在很醜，她們幫她修改長度。有時遇上空穗沒來學校的日子，她們還會特地打電話關心，確認空穗是生病了還是睡過頭。當然如果只是這樣，還可以視為單純的照顧同學，但是當她們得知空穗平常午餐總是吃麵包或是買現成的便當時，習慣自己做便當的真汐還會每天多做一個便當給空穗。這種無微不至的照顧，幾乎已經到了跟父母沒什麼兩樣的程度。

說到這裡，就得提一提空穗的親生父母。空穗自從一歲半起就沒有父親，不知是死掉還是離婚了。獨力將空穗扶養長大的母親是醫院的護理師，工作相當忙碌，不但沒什麼時間陪伴空穗，也無暇為空穗做便當。在得知空穗每天都吃真汐所做的便當之後，空穗的母親立刻打了一通電話給真汐的母親，表示要支付空穗便當的食材費。真汐的母親得知真汐每天都為朋友做便當時也是大吃一驚，立刻要求真汐別再做這種事，理由是「太失禮了」。針對空穗的母親，真汐的母親則稱讚她「很有原則」。從此之後，大約每星期一次，空穗會帶著看起來很難吃的便當到學校。真汐的母親偶爾想起空穗的母親，還會感慨護理師的工作真是辛苦。

身為護理師的孩子也不是輕鬆的事。護理師的工作必須值夜班，白天得補充睡眠，因此據說在空穗小時候，她的母親擔心白天補眠時空穗會在家裡胡亂探險而受傷，總是會拿浴衣[5]的腰帶一端綁在空穗身上、另一端綁在自己手腕上。空穗曾經這麼向我們描述：「其實我自己完全不記得了，但是聽說有一次舅舅來家裡，剛好看見媽媽在睡覺。舅舅親眼看見每當我想跑到比腰帶長度還要遠的地方時，睡覺中的媽媽就會用力拉扯腰帶，把我拖回她的身邊。」我們聽了之後，內心都有一種說不上來的複雜感觸。雖然我們嘴巴上對空穗說「這也是愛的表現」，心裡卻補了一句「非常粗魯的愛」。空穗的母

5 浴衣：一種輕便和服，通常在夏季或沐浴之後穿著。

親曾在教學參觀日到學校來，因此我們都見過她。她跟空穗長得並不太像，有著宛如來自南方國度的濃眉大眼、眼睛周圍凹陷、下巴寬厚結實。而且她不愧是個任職多年的護理師，整個人散發出一種堅強的氣概。看她站著跟別人說話，只會覺得她是相當平凡的率直伯母。但是聽了她在家中的各種舉動之後，我們都認為她這個母親實在不太「平凡」。不過空穗本人對於母親向她做的那些事情，似乎一直習以為常，並不認為是什麼怪事。

「伊都子小姐是個脾氣暴躁的人。」空穗對我們如此說過，她習慣這麼稱呼她自己的母親，「我小時候常常被她打，有一次她還把我從頭頂的高度拋出去，飛了至少十公尺遠。」

「那是在家裡做的事情吧？妳家有那麼大的空間，能讓妳飛十公尺？」真汐提出質疑。

「啊，仔細想想，確實沒有。」空穗立刻改口：「差不多五公尺吧？」

「一口氣就減掉百分之五十？」

「嗯，跳樓大拍賣。」

「跳妳個頭。」真汐在空穗的頭上拍了一記，「應該頂多一．五公尺吧？」

「或許吧。」

「一定是那時候重重摔傷了腦袋，現在才會這麼注意力渙散吧？」日夏輕輕撫摸空穗的頭頂。

「妳這孩子真是吃了不少苦。」真汐也跟著輕撫空穗的腦袋。

當然我們都相當尊敬伊都子，畢竟她含辛茹苦拉拔空穗長大，還讓空穗就讀私立高中。可是老實說，我們都很慶幸自己並不是她的孩子。即便日夏和真汐對空穗的所作所為簡直像是要從伊都子的手中奪走空穗，再加上伊都子平日很少在家，日夏和真汐便一天到晚賴在空穗家不走，儼然把那裡當成了自己的占領地。即使如此，基於前面那些理由，我們並不認為她們在做壞事，反而為空穗有了新父母而替她感到開心。

伊都子平日幾乎沒有時間教導空穗生活禮節，對空穗的調教也成了日夏與真汐的工作，像是：在門口脫掉鞋子後要擺放整齊；制服外套一脫下就要立刻用衣架掛起來。空穗家的廚房洗碗槽平時總堆滿鍋碗瓢盆，有些是伊都子出門上班前匆匆吃早餐的碗盤，有些則是空穗獨自吃飯時使用的餐具。從前的空穗總是對那一大堆骯髒碗盤視而不見，每次都只洗淨自己的用品。但日夏與真汐告訴空穗不應該抱持這種心態，洗碗槽裡的餐具全都應該清洗乾淨。

「在我們的世界裡，就當伊都子只是養母好了。」惠文低聲對我們說：「在空穗還是個連爬也不會爬的嬰兒時，她被老鷹抓走、拋在伊都子擔任護理師的醫院中庭。如今空穗長大了，終於與親生父母日夏和真汐重逢……等等，劇情是不是應該更邪惡一點才好？不然這樣好了，日夏是國王，真汐是王后，她們一直沒有辦法生下繼承王位的王子，後來她們在老百姓的孩子之中看上空穗，於是下令硬生生奪走空穗，帶回了宮殿……這樣如何？但這些故事好像都有點老套，還是可以直接換掉父母的世界觀比較有趣，就像情人分手之後跟另一個人交往一樣，對吧？例如有好幾個人想當某個孩子的父母，為了討孩子歡心而用盡心機，如何？啊，一個孩子可以有好幾個父母的設定似乎也不錯。該選擇哪一種劇情才好呢？反正不用急著決定，就先擱著吧。」

總而言之，在我們的世界裡，已經認定日夏和真汐是空穗的父母。我們將她們三人稱呼為「我們的一家人」。不過，這意思並不是我們把她們三人當成了自己的家人。「我們的一家人」的意思，是這一家人就像偶像團體一樣，是我們平日賞玩、寵愛的對象。有時我們之中也會有好幾個人跟著日夏和真汐到空穗家去玩。通常是伊都子小姐值晚班，必須三更半夜才會回來的日子。像這種時候，我們就能目睹日夏和真汐要求空穗把堆積在洗碗槽裡的碗盤洗乾淨、空穗心不甘情不願地走向廚房的場面。日夏和真汐有時也會走進廚房，泡茶給所有人喝。這溫馨感人的一家人，總是能讓我們看得陶醉不已。

古老的羅曼史

在空穗登場之前，日夏與真汐又是如何在一起的呢？這部分或許也該說明一下。當然我們能夠用「日夏與真汐在國中相識之後就感情很好」這種話一語帶過，但畢竟她們是我們世界裡的國王和王后，兩人的結合無論如何必須是讓我們憧憬不已、甜美夢幻又充滿戲劇性的愛情故事。當然憧憬歸憧憬，並不表示我們也想擁有跟她們一樣的體驗。
我們知道自己打從一開始就不具備經歷相同事情的資質。

國中一、二年級的時候，她們被編在不同的班級。不過我們學校每個年級的女生班都只有兩班，因此上了兩年課之後，就算是另一班的女生，多少也會互相認識。而且真汐常常會因為上課時間教室裡太吵，或是教師說了什麼不得體的話，而悶不吭聲地擅自走出教室，因此在學校裡算是小有名氣。日夏平日在上課的時候，應該也曾隔著窗戶看見臭著一張臉走在走廊上的真汐吧。另一方面，真汐對日夏應該也並不陌生。日夏直到三年級期中為止都是弓道社的社員，而且她穿弓道服非常好看，很受國、高中部的女生歡迎，甚至還有個高中部的學姊經常到教室找日夏。

上了國三之後，日夏與真汐終於編在同一班。她們進入同一個小團體，但由於小團體成員都擁有極強的獨立心態，並非做什麼事都會黏在一起，因此據說在第一學期的時候，日夏與真汐也只能算是普通朋友而已。然而日夏向來最喜歡特立獨行的人物，她不可能對真汐不感興趣。據說日夏曾向某個同學提到，一開始她完全不知道該用什麼方式才能讓真汐卸下心防。可見得打從那個時候起，日夏就一直在尋找能夠與真汐增進感情的機會。

第二學期開學不久，機會終於來了。我們學校在暑假期間有交換留學制度，每年七月下旬到九月上旬都會招待十多名來自北美的留學生。主要負責照顧這些外國留學生的人，包含學校教師、寄宿家庭和準備要留學的玉藻學園學生。除此之外，國中部三年級的一般學生會在暑假期間參加與留學生進行交流的共同露營活動。到了九月上旬，學校會在大禮堂為即將歸國的外國留學生舉行結業典禮和歡送儀式，國中部三年級的學生也必須在儀式中獻上各種表演。

學校裡有個非常喜歡西洋音樂的音樂老師，名叫逢坂景子，暱稱是「景子妹」。日夏與真汐所待的班級，在逢坂景子老師的帶領下，表演合唱艾莉西亞．凱斯的「If I Ain't Got You」。負責鋼琴伴奏的是二谷郁子，她原本就很崇拜艾莉西亞．凱斯，還在曲子裡加入自己想出來的創意變化。雖然練習過程很麻煩，但歡送儀式正式表演的當天，坐在觀眾席上的外國留學生們也紛紛加入合唱，場面非常熱絡。如果表演就在此時結束，對任何人而言應該都會是平凡但美好的回憶。

沒想到，體育老師持田辰藏卻在此時走了出來。他是男生班的體育教師，也是歡送儀式的執行委員之一。或許是外國留學生與在校生自然而然一起合唱的景象讓他大受感動，他竟然無視擔任司儀的教師指揮，擅自阻止合唱完的學生退入舞台後方。他同時向留學生們招手，要他們到舞台上。他的指示徹底打亂原本的儀式安排，學生全都一臉錯愕，持田接著又在舞台底下作出「排成橫排」、「手牽著手」、「手舉起來」等一連串命令。說穿了，他想要營造出學生們跨越了民族差異的感人場面，靠著讓大家手牽著手的親密舉動，令包含自己在內的所有人陶醉其中。

但是這種有如國小才藝表演大會的舉動，卻讓我們大感尷尬和丟臉，也讓剛剛大合唱的美好氣氛蕩然無存，就連教師之中也有一些人不禁面露苦笑。雖說如此，一般的學生是不會刻意忤逆老師的。此外，雖然持田辰藏沒教過女生班，但我們早就聽說過他的風評，據說他有著異於常人的性格和行為模式，例如他曾經公開說出「我很討厭女學生，每次我說『剛剛說話的人站起來』，說話的女學生一定都會故意裝死不站起來」這種話。而且，他討厭女學生並不代表他喜歡男學生，只要有男學生做出令他不高興的舉動，他就會在對方耳邊碎碎念長達五分鐘以上，或是以不至於留下傷痕的力道不斷推擠當事人。據說在二十年前，他還會出手毆打、體罰學生，甚至打斷過男學生的顴骨。更麻煩的是，他還是學年的副主任。

除了真汐之外，還有誰敢在這種情況下無視教師命令轉身離去？就連真汐也不敢走得明目張膽，她臉上雖然明顯流露出不悅，動作卻非常謹慎。真汐脫離隊伍走向舞台側邊時的腳步既不快也不慢，就像突然想起有件事得去辦，彷彿一切理所當然。但這個舉動還是被眼尖的持田看見了，持田指著她大喊：「喂，妳去哪裡？」真汐當然不可能沒聽見，但她對持田瞧都不瞧一眼，步伐的速度也沒有改變。反而是我們這些旁觀者看得一顆心七上八下。

「喂，站住！」持田的口氣變得更加嚴峻，似乎隨時會奔上前去抓住真汐的手腕，或是做出其他可怕的舉動。我們每個人都在心裡對著真汐大喊：「我能體會妳的心情，但拜託妳快停下來！總之快停下來！」持田突然又厲聲喝斥：「妳叫什麼名字？」外國留學生多半搞不懂發生了什麼事，只是感覺到氣氛不太對勁，嘴角帶著尷尬的微笑，不時左顧右盼。持田終於朝舞台邁開大步，急促的步伐彷彿宣示著絕不允許有人破壞秩序的決心。

真汐走到舞台邊緣才終於停下腳步，因為日夏從隊伍內奔上前、一把握住她的手肘。真汐轉過頭來，與抓著她手臂的日夏四目相交。真汐皺起眉頭想甩開日夏的手，日夏竟然以空著的手打了真汐一巴掌。刺耳的聲響讓整個會場的氣氛為之凍結，就連正從小階梯要跨上舞台的持田也一時愣住。真汐按著挨了巴掌的臉頰，正想轉頭回去，日夏以宛如母親或姊姊般充滿威嚴的口吻說了一句「先回去再說」，將她拉回了隊伍裡。真汐或許是腦袋一片空白的關係，竟然乖乖聽話照做了。

持田依然維持著一腳跨上舞台的姿勢，他凝視著日夏，彷彿看見了什麼珍奇異獸。日夏既不諂媚也沒有懇求，只是以平靜溫和的表情承受著持田的視線。過了一會，持田似乎終於想起他原本衝上舞台的理由。他的視線在排著隊伍的學生們身上游移，但剛剛對反叛者的怒火似乎已經澆熄，表情完全失去了氣勢。他又怒罵一聲「別再胡鬧」，便轉身走下階梯。接下來，舞台上的學生們當然繼續被迫做出手牽著手、高高舉起的動作。

我們之中大多數人都認為日夏當時的判斷相當正確，畢竟禮堂的出口並不多，真汐不太可能真的逃出去。假如被持田逮住，很可能會遭受相當惡毒的懲罰。而且一旦被持田盯上，未來的校園生活恐怕會過得相當痛苦。相較之下，被日夏打個一巴掌、像小學生一樣牽牽手，說起來其實都不是什麼大不了的事。或許對真汐來說，對強迫學生做出牽手動作的教師表達不滿與反對之意，遠比順利逃走更加重要。但即便如此，做出這樣的犧牲還是相當不值得。而且說真的，我們都無法理解真汐為何會這麼感情用事、做事不考慮後果。

歡送儀式結束後，真汐有好一陣子顯得相當沮喪，不跟任何人說話。臉上挨了一巴掌，肯定讓她感到既懊惱又丟臉吧。但是另一方面，想必她也感受到日夏的好意。因此她的心中應該同時存在著感謝和憤怒這兩種矛盾的心情，連她自己也不知道該選擇哪一邊。大約有兩天的時間，日夏也故意跟真汐保持距離，採取觀望的態度。從第三天起，日夏變得對真汐非常溫柔。例如當真汐擔任值日生時，日夏會幫她擦黑板；中午吃飯時間，日夏會從自己的保溫壺裡倒茶給真汐喝。雖然我們無法得知真汐的心中有過什麼樣的天人交戰，但最後她選擇接納日夏。某天早上，日夏一走進教室，早已在教室裡的真汐竟然主動朝她走了過去，我們這些小鹿亂撞、臉紅心跳的旁觀者都在心中敲響祝福的鐘聲。

日夏與真汐的感情越來越好，終於成為我們眼中的「夫妻」。但她們兩人從來不曾在他人面前卿卿我我，或是說一些甜言蜜語。從我們學校到車站的路上有一座神社，每到傍晚時分，神社境內就會出現一對對身穿玉藻學園制服的情侶。或許因為學校將學生們區分為男生班及女生班的關係，那些做著親密舉動的情侶並不見得是男女配對，有時可能是男生與男生，或是女生與女生，但從來沒人看見日夏與真汐出現在那裡頭。我們認定她們互相深愛著對方，是因為日夏對真汐的說話方式和態度都非常溫柔，任何人都看得出來她無比重視真汐；真汐在面對日夏的時候也表現得比較乖巧聽話，對日夏寄予全面信任。

我們心中所憧憬的，正是日夏與真汐這樣的關係。尤其是日夏對真汐散發出的那股甜蜜氛圍，讓我們光在一旁看著就感覺身心欲醉。那景象令我們產生一種內心受到「挑逗」的錯覺，使我們心中不禁萌生「如果有人也這麼珍惜我……」的幻想。如此溫柔體貼的日夏，當初竟然會賞人巴掌，想起來實在有些不可思議。但真汐在陶醉於眼前的甜蜜氣氛時，就算回想起當初挨巴掌的往事，臉頰上的疼痛應該也會轉化為甜美的快感吧。

國中部三年級第二學期的結業典禮上，由於校長的致詞實在太長，所有人的意識都開始進入朦朧恍惚的狀態。當時另一班的倉內由衣忽然湊向站在前排的日夏，說了一句「打醒我」。她提出這樣的要求，想必也是期待著除了痛楚之外，還能感受到那種酥麻的甜美快感吧。日夏點點頭，立刻揮出手掌，沉重的悶響夾雜在學生們發出的種種嘈雜聲響和竊竊私語聲中，並沒有被老師們聽見，卻已引得周圍數名同學轉過頭來。這一下打得由衣滿臉通紅，照理來說應該相當疼痛，她卻喜孜孜地朝日夏說了聲「謝謝」。日夏也笑了起來。我們都很擔心由衣在嘗到這種快感之後，會從此一頭栽進欲望的世界，再也無法自拔。但同樣的事情不再發生過，由衣也曾未在日夏與真汐的羅曼史之中占有一席之地。

旅行的羅曼史

關於秋季的校外教學旅行，空穗一開始顯得興致缺缺。「好麻煩，不如別去，待在家裡睡覺好了。」她這麼告訴大家。但旅行少了日夏、真汐與空穗，肯定會變得無趣得多，所以我們編出各式各樣的謊言，試圖讓她回心轉意，例如「老師會生氣」、「就算沒去，事先繳交的旅費也不會退還」等等。相較之下，日夏與真汐則冷靜得多，她們對空穗循循善誘，勸說理由更來得務實有效，例如「旅行期間不用煮飯也不需要洗碗盤」「不用洗浴室也不用放洗澡水」。最後我們終於成功誘導空穗說出「不然還是參加好了」這句話。

我們曾經思考過，如果當初空穗堅持不肯參加校外教學旅行的話，會有什麼結果？

這麼一來，日夏與真汐很有可能也會選擇不參加。但她們的父母不可能答應讓她們不參加學校活動，因此她們很可能會假裝參加，實際上卻私下相約跑到其他地方旅行。當然兩人也會想盡辦法說服空穗，一起帶她去。如果是她們三人私下的旅行，是否也會發生如同我們在校外教學旅行中所目睹的現象？抑或，旅行會在完全不同的氣氛中劃下句點？

我們會忍不住思考這樣的事情，是因為在這次的校外教學旅行之後，日夏、真汐和空穗這個「我們的一家人」組合開始出現了溫馨與親密以外的其他要素。

在羽田機場集合的時候，我們的心情依然跟在學校還沒有太大差別。同行教師之一的持田辰藏在所有學生到齊之後，叫大家蹲在機場的角落，先給了我們一個下馬威。

「持有違禁品的人，立刻給我丟掉或拿到寄物處。要不然，寄回家也可以。可別等到檢查行李時被我發現，才來哭哭啼啼。要是有人敢喝酒、抽菸、打架，或是做出其他任何不該做的行為，我會讓你的旅行變成另一種意義的『永難忘懷的旅行』，你們所有人都給我牢牢記住了。」

持田說出這段話的時候，臉上帶著凶殘嗜虐的微笑，簡直像是暗自期待著將違規的學生欺負到哭的快感。根據學長姊流傳下來的傳說，過去曾有學生偷偷攜帶遊戲機被持田發現，持田強迫對方把遊戲機裡的進度存檔全部刪除；另外也聽說有學生偷偷攜帶手機被發現，持田竟然強迫那學生一直待在巴士上，即使到了觀光景點也禁止下車遊覽。倘若是在從前那個老師可以毆打學生的時代，想必持田就算在旅行途中也會常常對學生拳打腳踢吧。

當然像這樣的事先警告，從另一個角度看也算是一片好意，而且教師在旅行過程必須負責學生的安全，就算嚴厲一點也無可厚非。事實上我們也明白像這樣的校外教學旅行，勢必得有一些老師扮黑臉。即使如此，我們在聽了持田這段訓話後還是感覺很不舒服，不僅是來自持田口氣中流露出的嗜虐心態，更是因為我們很明顯感受到他正在利用威脅學生來誇耀自己的權威。讓我們無法釋懷的並不是被校規限制自由，而是遭到霸道蠻橫的大人威壓脅迫時產生的無力、窩囊感。持田的訓誡結束後，私立玉藻學園的學生們再度恢復了低聲談笑，大家紛紛站起來隨意走動。就在這時，真汐以細微但清晰的聲音說了一句話，傳入所有人的耳裡。

「我們得小心別被老師殺了。老師在旅行途中殺死學生的新聞可是從來沒少過。」

當時老師跟學生之間的距離並不遠，我們都很擔心真汐這句譏諷會被聽見。事實上在真汐說出這句話的瞬間，持田的身體確實像僵住般停止不動。日夏立即一個閃身，將真汐擋在自己背後，不讓老師們看見她。事後空穗談起這件事，也說當時「本來想要趕緊唱歌來掩飾過去」。然而空穗還來不及唱歌，大家已聽見了藤卷老師的呼喊聲。

「寄物處在那邊！郵局在一樓！持有違禁品的人，立刻想辦法處理掉！」

當然這可能只是一場偶然，但藤卷從以前就特別關心真汐，因此我們都懷疑他是為了解救真汐，才設法改變現場的氣氛。接下來的事態發展，也間接證實了我們的推測。就在藤卷一句話化解緊張氣氛後，大家恢復自然的腳步移動，藤卷若無其事地走到真汐的身邊，問了一句「今里，妳想在旭山動物園看什麼動物？」真汐回答「北狐[6]和蝦夷

6　北狐：中文多稱作「北海道赤狐」。

松鼠[7]」她說這句話時表情有些靦腆，可見得她應該也感受到藤卷對她的好感。

走向登機門的路上，我們忍不住開始交頭接耳。

「日夏、空穗、藤卷……真汐竟然有三個人為她擔心，怎麼沒有人為我擔心？」

「話是這麼說沒錯，但真汐也是製造敵人的高手。」

「有敵人又有強力夥伴的人生，跟沒有敵人卻也沒有夥伴可以依賴的人生，到底哪一邊比較好？」

「波濤洶湧人生跟平穩安逸人生的抉擇？」

「我選擇沒有敵人的那一邊。只要能夠活得輕鬆，枯燥一點也無所謂。」

「假如撇開敵人跟夥伴的問題，一輩子只有一次但是轟轟烈烈的戀愛，跟一輩子能有好幾次但只是有點快樂，稱不上神魂顛倒的戀愛，應該選哪一邊？」

「當然是轟轟烈烈的戀愛，然後在最高潮的瞬間死去。」

就在我們討論著人生抉擇的時候，飛機抵達了旭川機場。走進機場入境大廳的瞬間，我們才終於進入遊山玩水模式。好幾個人立刻趕往二樓出境大廳，買了不少北海道零食帶上巴士。「這麼快就買伴手禮?」「才不是呢,這是要在路上吃的。」「我找不到『薯條三兄弟』,哪裡才買得到?」類似這樣的對話在巴士內此起彼落。「我們的一家人」在靠近車尾的座位,真汐在靠窗側、空穗在靠走道側,日夏則坐在空穗旁邊的摺疊椅上,三人有說有笑,氣氛一片和樂融融。旭山動物園是我們在這趟旅行中最期待的觀光景點。跟橫濱ZOORASIA動物園、多摩動物公園或金澤動物園相比,這裡的動物數量較少,景色也給人一種樸素的印象,但我們還是非常興奮。我們在「海豹館」的門口發現了斑海豹的露臉立牌,雖然稱不上什麼稀奇的東西,好幾個人還是興高采烈地跑過去拍紀念照。須永素子和城島環從洞裡探出臉來的時候,還故意模仿海豹似笑非笑的特殊表情,許多原本對這種幼稚行為沒興趣的同學,也忍不住笑著停下腳步觀看。素子得意洋洋地對著剛好路過的日夏、真汐和空穗開口:「要不要一起來?還有一個洞空著呢。」

7 蝦夷松鼠:北海道特有種,蝦夷為北海道舊稱。

「不要，我不適合拍那種照片。」真汐立即揮手拒絕。

「不會啦，快過來。」環也跟著邀約。

「對不起，我真的沒興趣。」

其實我們都很清楚，真汐極為討厭觀光區的露臉立牌。或者應該說，成為庸俗但快樂的畫面之一對她來說是非常痛苦的事情。沒想到就在這時候，空穗忽然朝大家使了個眼色，接著緊抓住真汐的肩膀和手腕，將她推向露臉立牌。這個舉動點燃了大家的惡作劇心態，在場所有人同時撲向真汐，拉著她到素子和環身邊。「別這樣！住手！」真汐原本大聲尖叫，直到臉被固定在立牌後方的圓孔處才終於放棄掙扎，擠出僵硬的微笑任由大家拍照。快門的聲響一結束，空穗立刻放開真汐的手，轉身逃之夭夭。真汐的身體一獲得自由，馬上朝著空穗追趕上去，嘴裡喊著「給我站住」。

打從一開始在露臉立牌前受到素子和環的邀請，日夏就以最快的速度獨自開溜了。當真汐在「猴子山」附近逮住空穗、敲著她的頭的時候，日夏正在「猛獸館」附近巧遇獨自走著的穗苅希和子，兩人一起走進園內的自助式餐廳。她們各買一杯飲料，挑了露天座位坐下。希和子一臉哀戚，叨叨絮絮地說起了剛剛的遭遇。

「我本來跟苑子她們進了『北極熊館』……」

隔壁班的蓮東苑子是希和子打從國中時期就暗戀的對象。苑子是玉藻學園前五名的美少女，當初我們剛入學的時候，每次看見她，都會因為她實在長得太可愛而不禁臉紅心跳。但苑子的性格是典型的「天然呆」，每次跟她說話，她都會說出牛頭不對馬嘴的回應。更糟糕的是那些回應一點也不有趣，還會讓人越聽越煩躁，雖然這不是她的錯，但我們還是不禁對她大感失望，從此不再對她另眼看待。唯獨希和子依然愛苑子愛得不得了，每次遇上了，總是會想盡辦法討好她。

「我跟苑子邊走邊聊天，本來氣氛不錯，偶爾還跟花奈子她們開開玩笑。苑子看起來也很開心，她漸漸被我們這一群吸引了過來，遠離了她們班的那一群人。我跟苑子兩個人擠進了那個半球形的透明觀察孔裡，尋找地面上的北極熊。雖然附近一頭熊也沒有，但我開心死了。後來苑子跟我說了一句『妳們班真好。希和子，妳真幸運』。我聽了之後，回答『是嗎？苑子，我比較想去妳們班呢』。結果妳猜她說什麼？她竟然對我說，『真的嗎？不然我們交換班級好了』。」

日夏一時之間不知該說什麼才好。

「就算她沒有聽懂『我比較想去妳們班』的意思，也不該說『不然我們交換班級好了』這種話吧？那不就像是在說『我們不同班也沒關係』？就算是對一般的朋友，也不該這樣說吧？我感覺很受傷，就趁著人多的時候一個人偷偷溜走了。」

依苑子的個性來看，她應該不是明知道希和子喜歡自己，卻用這種方式間接拒絕或故意捉弄。她應該只是坦率說出自己的想法而已，這點我們都很清楚。日夏起身到櫃檯買了熱騰騰的扇貝可樂餅，放在希和子的面前。

「苑子那種彷彿什麼都沒在想的天真爛漫性格，不也是她的魅力之一嗎？」

「不，我不喜歡她這樣。我希望她跟正常人一樣，能夠理解他人的心情。」

希和子哀怨地說著，拿起筷子吃起了可樂餅。兩人聊了一會，真汐與空穗發現日夏，也在同一張桌子坐了下來。又過不久，田中花奈子、木村美織等經常和希和子一起行動的同學們也都來了。苑子跟她那群朋友隨後也跟著出現，苑子看見希和子，漫不經心地說了一句：「妳在吃什麼？可樂餅？如果能配啤酒一定更棒。」說完便經過希和子身邊走向其他桌子。大家見了希和子那感慨萬千的表情，都明白她心裡一定在想著「雖然不敢期待她會安慰自己，但好歹也該說一句『剛剛不小心跟妳走散了』」。

花奈子、美織和真汐紛紛安慰起了希和子。

「別想太多，苑子本來就是這樣的人。」

「就算再怎麼對她好，她也不會察覺的。」

「根本是對牛彈琴。」

「不管是戀愛方面還是友情方面，她都不會跟任何人建立親密關係吧。一來她做不到，二來她也不想。」

「妳還不肯放棄嗎？就算要她玩弄妳的感情也是奢求。」

希和子一臉無奈地說：

「這我知道，我全都知道。我知道她不是壞心眼的女生、不會攻擊別人，既不拒絕也不強求。我知道她不會說謊、不會擺架子。她總是表現出最真實的一面。」

「而且她對別人沒什麼興趣。」草森惠文接著發表了評論：「甚至她對自己似乎也沒什麼興趣，這點不禁讓人有些欽佩。」

「沒錯，給人一種大人物的感覺。」希和子頻頻點頭，簡直像是得到知音。但她接著又低聲說：「可惜她有時候真的傻到讓我受不了。」

「妳不喜歡傻女孩？」日夏問道。

「不討厭，但是……」希和子將手掌放在身旁的空穗頭上，「好歹也該有這種程度的智商……」

「『好歹也該有』是什麼意思？」

空穗輕輕瞪了她一眼。「對不起。」希和子將她抱住。

「安慰我。」

「不要。」

空穗雖然語氣冷淡，卻也沒推開希和子。這時有人說了一句：

「希和子，妳搞錯對象了吧？」

「我不是把她當成苑子的代替品。苑子對我來說就是另一個次元的人，根本不敢觸摸。」

「對我就可以隨便亂來。」

空穗酸了她一句。希和子既未辯解也不推託，只是以認真而誠摯的眼神說：

「不是可以隨便亂來，是可以放寬心、好好疼愛。」

在場所有人都忍不住發出認同的感嘆聲。空穗是日夏和真汐的所有物，我們在與空穗交流的時候，必須同時注意日夏與真汐的感受。但撇開這個部分，我們都覺得與空穗相處是一件輕鬆自在的事情。她能夠滿足我們的玩弄欲望，療癒我們的心靈。我們雖然常捉弄、調戲她，但絕不輕視她。空穗就是這麼一個能夠接納愛的人。能夠接納這種疼愛形式的人，乍看之下只是個可以亂來的對象，實際上卻是既可愛又寶貴的對象。能夠為我們帶來喜悅，讓我們產生想要加以呵護的心情。每當日夏和真汐做出我們做不到的事情時，空穗便會以仰慕的眼神看著她們，但基本上空穗一直處於被動狀態，因此能夠刺激大家的保護欲望。從來沒有任何一個朋友能夠讓我們產生這種感受，因此空穗對我們有著特別的意義。

差不多就在希和子放開空穗的時候，井上亞紗美和鈴木千鶴走了過來，手上各自拿著一根霜淇淋。「這麼快就吃霜淇淋？」有人這麼問她們。兩人露出理所當然的表情，一個回答「嗯，當然」，另一個則回答「現在吃，到了札幌和釧路還要吃」。接著千鶴朝空穗問道：「妳要吃看看嗎？」空穗點了點頭，於是千鶴將霜淇淋遞了過去。希和子見狀，央求道：「我也可以吃嗎？」亞紗美於是說：「好啊，沒問題。」由於位置的關係，亞紗美伸出的手腕無法維持穩定，不停地微微顫抖。希和子在舔霜淇淋的時候，雙手捧住亞紗美的手和霜淇淋下方的甜筒餅乾。

「真是猥褻的動作，這女的就只有口交特別厲害。」美織取笑道。

「喂，妳別亂說話！」希和子趕緊摀住嘴，「我可從來沒做過那種事，五年後可能也還沒做過。」

校外教學旅行的第一天就這麼結束了。

挨打的孩子

明明感覺校外教學旅行是不久前的事情，許多細節卻早已忘得一乾二淨。歡笑、不滿和吃驚的部分都記得一清二楚，旅行的路線和搭乘過的交通工具卻無法一一回想起來。我們只記得前往摩周湖那天由於天候不佳，景色並不像原本所期待的那麼美麗，但是那天的湖水到底是綠色還是灰色，則沒有人記得清楚。

相較之下，發生在巴士裡的事情反而更加清晰。那天巴士導遊向我們說了關於摩周湖的阿伊努族[8]傳說，還唱了一首與傳說相關的阿伊努族傳統民謠。但是唱完之後，坐在後頭座位的二谷郁子卻偷偷說：「這旋律跟我爸平常拿著木吉他自彈自唱的曲子一模一樣，絕對不是什麼阿伊努族傳統民謠。」我們也都點頭同意，因為那聽起來就像是昭和時代某首老歌的旋律。後來我們去了阿伊努村，聽見了真正的阿伊努族傳統民謠，那

8　阿伊努族：日本原住民族，分布於北海道至俄羅斯東南方一帶。

蕩氣迴腸的魄力絕對不是巴士導遊所唱的那種俗傭又悲情的舊時代流行歌所能夠比擬。我們每個人都記得很清楚，當時大家都感到忿忿不平，直說：「把那種歌曲說成阿伊努族傳統民謠，根本是一種褻瀆。」

不過除了這些之外，也發生過大家明明都還記得、卻絕口不提的事情。

旅行的第二天，是自由行動的日子。大多數同學都去了北海道大學或小樽，日夏、真汐、空穗和我們這群好友，則大多跟著愛逛動物園的素子和惠文參觀札幌市內的圓山動物園。在那裡，我們撞見身穿相同學校制服的男同學竟獨自一人走在動物園裡，引發我們的熱烈討論。「他是喜歡獨來獨往，還是沒有朋友？」「不管是哪一邊，總之看起來就是個非常陰沉的人。」此時素子呢喃了一句：「如果我們邀他一起吃午餐，不曉得他會不會答應？」其他人紛紛回答：「應該會拒絕吧？」「畢竟我們跟他從來沒有說過話。」「一定會拒絕的，他跟我那個孤僻的哥哥很像。」「搞不好還會感覺遭到羞辱而逃走。」雖然討論得很熱烈，最後還是沒人走過去跟男同學搭話。我們走進園內的商店，買了各種以白熊臉部特寫為主題的周邊商品，心滿意足地離開動物園。旅行結束之後，我們再也不曾提過那個男同學。然而，他當時微低下頭、跨著大步通過我們面前、走進不斷傳出尖銳鳥叫聲的水鳥區，這景象實在太令我們印象深刻，已經完全從腦海中遺忘的人應該很少吧。

我們不禁在心中幻想，假如自己完全無法融入班級，連少數幾個朋友也交不到，或許也會像他一樣，在校外教學旅行的時候單獨行動。倘若真的陷入那種情況，會是一件多麼痛苦的事情？雖然我們班上並沒有無法融入群體的獨行俠，可或許有人暗中認為配合班上大多數人的意見是件苦差事也不一定。在看見了那個男同學之後，心中產生這種擔憂的人想必也不在少數。畢竟雖然其他班的女生常羨慕我們班的感情特別好，但我們班同時也是有名的「變態班」。此處使用「我們」這種稱呼，或許有人聽了後會提出抗議，主張「別把我算在內」或是「別隨便用『我們』這種字眼」。不過，雖說我們心中都懷抱這樣的不安，但由於我們都還只是一群「什麼都不是」的生物集合體，宛如擠在狹小封閉世界裡的黏稠培養液之中，因此「我們」這個主詞是我們的唯一選擇。

「那個男生該不會是磯貝典行吧？」

這天下午，在小樽市觀光物產PLAZA前的廣場上，依循正軌前往札幌市內觀光的井上亞紗美，聽完前往動物園參觀的一行人轉述之後這麼問道。磯貝典行就讀男生班，與井上亞紗美是青梅竹馬。惠文認得磯貝的臉，立即揮手說道：「不，不是他。」亞紗美一聽，頓時露出鬆一口氣的表情。「亞紗美真善良，這麼為他擔心。」我們調侃她，她皺起眉頭回答：「我才沒有擔心呢。」就在這時，剛好從旁邊經過其他班的女生對我們說：「我看見磯貝跟幾個男生走進了『驚悚KTV』。」亞紗美聽了之後尖聲大喊：「KTV？來北海道唱KTV？」那間KTV就在小樽市觀光物產PLAZA的旁邊，外觀裝潢得像鬼屋一樣。亞紗美朝那個方向瞥了一眼，垂頭喪氣地說：「那個笨蛋。」

就在這件事的不久後，發生了一件令我們所有人都永難忘懷的事情。這個廣場上有一座名為「文公」的小狗銅像，剛參觀完動物園的一群人便聚在小狗銅像周圍閒聊起來。「這隻狗做了什麼？」「好像是參加消防隊的滅火行動。」「真是了不起。果然狗比白熊要好得多。」「是啊，熊什麼忙也幫不上。」「那也得看是不是聰明的狗。像我家的布魯諾，整天只會吃跟睡。」「布魯諾？」「我記得好像是因為品種是法國鬥牛犬[9]，才會叫布魯諾？」「對啊，有什麼好笑？」我們邊說邊在銅像的尾巴、前腳等處亂摸一陣，接著興高采烈地拍起了紀念照。真汐自願幫大家拍照，空穗卻突然跑開，聲稱「我要把真汐幫大家拍照的畫面拍下來」。

真汐故意裝模作樣地擺出專業攝影師的架勢，以彈手指的方式吸引大家的視線，鏡頭前的一群人也擺出宛如業餘模特兒的巧妙表情和姿勢。空穗傻笑著前後左右移動位置，似乎想要找出最佳角度和距離。她的動作看起來莽莽撞撞，於是日夏走出拍照的人群中對空穗大喊一聲「小心」。這個時候，空穗的身體已經退到後方車道上，日夏趕緊奔上前將她拉回來。「很危險。」日夏這麼告訴空穗，但空穗朝車道瞥了一眼，露出不以為然的表情，顯然完全不認為自己的行為有何危險之處。

「已經跟妳說過多少次了？別故意跑到馬路上讓車撞。」這時日夏的口氣還算溫

9　日文中「鬥牛犬」與「布魯諾」的發音相近。

和。「如果直接撞死就算了，要是運氣不好留下後遺症，接下來可是會吃苦一輩子。」「要是撞上了，突然變成凶手的司機不是也很無辜嗎？」真汐這時的口氣也算是相當委婉。

空穗走路總是不看車子，這點我們也都很清楚。我們曾經私下聊過這個話題，有人主張空穗的母親伊都子一定連教女兒走路要看車都忘了，但也有人認為就算母親沒教，上了國小後，老師應該也會針對行走安全再三提醒才對。如今空穗都讀高中了，竟然完全不知道要閃躲車子，若非智商有問題，就是腦袋掉了幾顆螺絲。最後我們導出了結論：這幾顆螺絲很可能是在被伊都子拋飛十公尺的時候從腦袋掉了出來。

發生在小樽市觀光物產PLAZA前的這起小小事件，最後結束在空穗尷尬地朝日夏和真汐點了點頭而已。我們都以為她被「爸爸」、「媽媽」數落幾句話後，接下來至少應該會有一星期乖乖看路才對。後來我們搭電車從小樽回到札幌，接著到新千歲機場搭飛機前往釧路。在飯店裡吃完了晚餐之後，一群人又出發前往「MANABOT展望臺」看夜景。沒想到這時候，腦袋缺了螺絲的空穗早已把「爸爸」、「媽媽」的教誨忘得一乾二淨。

在返回飯店的路上，我們邊閒聊邊走在橫跨釧路川兩岸的幣舞橋上。「橋名怎麼念啊？」「NUSAMAIBASHI。」「哇，我一定記不住。」「『幣』是什麼意思？」「獻給神的供品。《百人一首》的和歌裡不就有一句是『此旅未獻幣於神……』？」閒談的過程中，眼前的景色與剛剛從展望臺上俯瞰的美麗橋影重疊在一起，讓出來欣賞夜景的一群人感覺置身在人間仙境。

幣舞橋的左右兩側欄杆各有兩座雕像，合計共四座，稱為「四季之像」。空穗原本和美織一起停下腳步，欣賞著右側欄杆的雕像，但看了一會，空穗忽然冒出一句「我去看看對面的雕像」，接著完全沒注意來車，就想直接穿越車道。美織趕緊拉住她，就在這瞬間，一輛車駛過空穗眼前，同時發出刺耳的喇叭聲。橋上的眾人聽見了聲響，全都轉頭望向兩人的方向。

下一秒，日夏與真汐同時走向空穗，她們身上都散發著前所未有的殺氣。其他人也都趕緊圍了上來，心裡既興奮又期待，等著看這場好戲。

「到底要說幾遍妳才懂？」真汐用手掌在空穗頭上輕拍了一記。

「如果出了車禍，可不是只有妳一個人吃苦頭而已。不僅開車的人會被連累，我們也沒辦法繼續旅行。還有，目睹車禍畫面的人可能會留下內心陰影。」日夏也跟著說道。

「伊都子每天都得工作，就算妳半身不遂，也沒辦法照顧妳。到時候妳該怎麼辦才好？」

「等到大家都畢業之後，我們也沒辦法一直陪在妳身邊。」

在旁邊看熱鬧的惠文低聲說了一句：「壞掉的玩具會被丟棄。」空穗照理來說應該沒有聽見惠文這句話才對，但原本乖乖聽著日夏和真汐說教的她卻忽然抬起了頭，以一臉畏縮卻又明顯不滿的表情開口：

「我又沒有被撞。」

日夏與真汐一聽，全都驚愕得忘了呼吸。

「剛剛妳沒有被撞，只是運氣好。」日夏說。

空穗繼續以鬧脾氣的口吻回答：

「明明沒出事，妳們為什麼要生氣？如果真的發生車禍，妳們要罵幾個小時都可以。」

日夏與真汐一時之間都沒有做出任何反應。不知是氣得全身僵硬，還是為了壓抑怒火而全身僵硬。隔了數秒後，日夏朝空穗的頭上敲了一記。當然日夏拿捏過分寸，下手沒有多重，但這一下跟平常單純只是肌膚之親的敲打截然不同。空穗也嚇了一跳，一臉哀怨地撫摸著自己的頭頂。

「我們回去。」

日夏怒氣沖沖地抓住空穗的肩膀，真汐也拉住了空穗的手臂。兩人這時已顧不得他人的目光。空穗再也沒說一句話，或者該說是一句話也說不出口，就這麼被兩人連拖帶拉地帶回了飯店。

後來到底發生了什麼事，親眼目睹的人除了日夏、真汐及空穗之外，就只有和她們三人睡在同一房間的美織。偏偏美織有著近視、亂視及動體視力不良等症狀，很有可能看錯了什麼，而且她跟我們大部分的同伴一樣有著愛幻想的毛病，很可能為了增加趣味性而在轉述時加油添醋一番。更糟糕的是，我們聽完美織的轉述，內心也開始出現各式各樣的幻想。因此隨著時間過去，這個傳說的內容又被加入各種香辣刺激的幻想要素，到頭來已沒有人能夠確認傳說裡的真相到底占了多少比例，當然也沒有人想要加以確認。正如同惠文所說：「所有著名的傳說，都會在傳承的過程中被人依照不同需求加入各種要素，導致故事越來越複雜，毫無道理可言。」

總之根據美織的轉述，日夏與真汐在抵達飯店房間之後，怒火似乎消了不少。她們三人雖然不太說話，但毫無異狀地輪流洗了澡，接著在房裡悠閒地做著自己的事。這天晚上美織剛好有一齣想看的深夜電視節目，而且跟睡在另一房的花奈子、惠文等人約好一起看，因此獨自離開了房間，僅留下她們三人在房間裡。沒想到電視節目開始播放之後，才發現內容跟上個星期在東京看的內容一模一樣。「這裡的播放時間比東京晚了一個星期。」她們做出這樣的結論。「反正都開電視了，就再看一次吧。」花奈子跟惠文如此提議，但美織決定回房間睡覺。

當美織把房門卡插進門口插槽的時候，隱約聽見房裡正傳出聲響。但美織以為她們多半是在玩枕頭大戰，並沒有想太多，直接拉開房門。沒想到房內景象映入眼簾的瞬間，美織嚇得花容失色，整個人踉踉蹌蹌退回走廊上，不由自主地關上了房門。下一秒，美織轉身奔回花奈子等人的房間。「咦？怎麼了？」花奈子她們看美織脹紅著臉走了回來，好奇地問道。「空穗……正在……被打屁股……真汐按著……日夏在打……」或許是因為過度驚嚇的關係，美織說得有些結結巴巴。花奈子等人一聽，也全都傻住了。「咦？體罰？」「虐待？」「空穗沒有反抗？」大家妳一言我一語，完全把電視節目拋在腦後。

「該不會是在做運動，是妳搞錯了吧？」一人問道。

「不，絕對不會錯，我還聽見『啪啪啪』的聲音。」美織用力搖頭，「我不知道她們是不是認真的，搞不好有一半是做做樣子，但那個行為真的就跟體罰沒兩樣。」「好，我們去看看。」說著說著，大家似乎已經不像剛剛那麼驚訝。畢竟「爸爸」跟「媽媽」責罵孩子天經地義，只要適可而止，就算施加肉體上的處罰也不是什麼值得大驚小怪的事情。但是另一方面，大家又覺得那三人的年紀和體格都相差不遠，父母跟女兒只是設定上的關係而已，竟然會真的做出體罰的行為，實在令人忍不住想要捧腹大笑。一群人快步走在走廊上，有好幾個人已經笑出了聲音。像美織、惠文這幾個擁有豐富性知識（而且是違反常態的性知識）的同伴，腦中大概已開始出現一些肉欲橫流的幻想。一行人帶著緊張又興奮的心情來到房門口，美織帶頭悄悄地開門走了進去。

房間裡相當昏暗，沒有半點聲音。這意料之外的狀況，讓一行人都愣住了。「美織？」鋪在榻榻米上的棉被裡傳出真汐的聲音。「嗯。」美織以完全摸不著頭緒的口氣應了一聲。「快來睡吧……等等，怎麼來了這麼多人？」鋪在房間深處的另一床棉被裡又傳出了日夏的聲音。「如果妳們還沒睡的話，想跟妳們聊聊天。」惠文巧妙地編了個藉口。「我們已經睡了，妳們快回去吧。」真汐以彷彿真的很睏的聲音說。「嗯，好吧。」「我們走了，晚安。」花奈子等人各自低聲說了句場面話，除了美織之外全都退出了房門外。幾個人走在走廊上，又開始交頭接耳。「空穗也在房間裡？」「我沒看到。」「該不會是被關在衣櫥了吧？」「不，我看到了，她躺在日夏懷裡。」「真的嗎？」「嗯，一動也沒動。」當然，沒有人能夠加以確認這是不是事實。

這天晚上大家的所見所聞，在夢境裡繼續發酵，經過一整晚的變化，到了隔天早上醒來時，大家腦海中都能夠清楚浮現空穗遭受日夏和真汐體罰的畫面，彷彿自己親眼所見。空穗趴在棉被上，真汐扣著她兩側肩膀關節處。日夏跨坐在空穗腿上，以嚴厲但優雅的動作不斷高舉手掌，朝著眼前那宛如少年般嬌小緊實的臀部揮落。空穗忍受著疼痛，不時扭動腰部，發出微弱的呻吟聲。體罰結束後，日夏和真汐一前一後抱住神色恍惚的空穗，溫柔撫摸她的頭。接著日夏帶著空穗進入被窩，給予她深情擁抱……

隔天早上吃早餐的時候，日夏、真汐與空穗一臉平靜地出現在眾人面前，彷彿什麼事都沒發生。但是大家並沒有懷疑美織昨晚可能是看錯了，因為三人在交談時隱約帶著一絲羞赧，而且空穗的態度變得異常老實聽話，與昨晚的反抗態度截然不同。再加上日夏與真汐對待空穗也比平常溫柔得多，種種跡象都讓大家的心頭萌生一股甜蜜酥麻的快感，在心裡呢喃著「果然不是空穴來風」。

當我們坐上開往釧路濕原的巴士時，消息已傳入所有人耳裡。大家的反應各自不同，有人聽完哈哈大笑，有人聽了之後深深嘆息，有人懊悔「自己竟然錯過這麼有趣的事情」，還有人傻傻地說了一句「真好，我也想被日夏打屁股」，引來旁人的訕笑。總而言之，「爸爸」和「媽媽」對「孩子」的這場體罰，在我們心中也成了甜蜜可愛的小插曲，各自小心翼翼地存放進內心深處的「我們的一家人」相簿。

第三章　羅曼史的變化

殘酷女人們的嬉戲

沒有完全溶化的草莓果醬在紅茶杯中輕輕搖曳。「怎麼有酒味？」惠文輕啜一口後皺眉問道。「這是俄式紅茶，當然加了伏特加。」美織說完自己也喝了一口，心滿意足地眯著雙眼說：「真是太美味了。」這時花奈子問：「惠文，妳不會喝酒？」「只是不習慣而已，感覺有股很嗆的味道。」惠文邊回答邊目不轉睛地盯著自己的茶杯，簡直像在觀察實驗管內部的化學變化。「上大學之前，最好稍微練一下酒力，免得在迎新派對上出事。」郁子一臉認真地提出忠告。

四人此時正坐在美織的房間裡。美織的父親是大學教授，經常到歐洲參加學術研討會和旅遊，因此美織房間裡的櫥櫃和書架擺滿了父親從歐洲買回來的高級玩偶。惠文拿起一個原本放在枕頭邊的小型蝙蝠娃娃，放在膝蓋上。「除了要準備考試之外，還得練習喝酒，高中生活未免太忙了一點。」她發著牢騷，抓起蝙蝠娃娃的兩片不織布翅膀上下擺動。

「真正讓妳忙的是寫作吧？最近在寫什麼樣的作品？」花奈子問。

「妳上次不是說過，想要挑戰以男女性愛營造出BL性愛的那種『萌』感？聽起來很有意思呢。」郁子也加入了話題。

「沒錯，妳確實說過。」美織點點頭，跟著開口：「而且妳還試著寫過一句呢。呃，妳是怎麼寫的……」

「我寫了一句男生的台詞啦。」惠文有些害羞地說：「『我明明不喜歡妳，卻硬起來了』。」

「沒錯！」「就是這句！」其他三人大聲尖叫。

「真是太完美了，雖然固執、高傲又不老實，卻有著在性欲高漲時也能不立刻變成野獸的理性和溫柔。」

「而且故意說這種話，反而讓人覺得他其實很喜歡那個女生吧。」

「就算真的像他所說的，沒有那麼喜歡，但至少不會是毫無感覺。讓人不禁想像在這樣的機緣之下，兩人會發展出什麼樣的關係……」

「不過，這個男生到底是在什麼樣的狀況下說出這種話？」

「我還沒有決定。」惠文撫摸著蝙蝠玩偶，「地點可以是社團的置物間，可以是打工地點的倉庫。要不然就是兩人沒趕上最後一班電車，只好一起住進賓館。」

「總之就是能夠讓兩人近距離接觸的狹窄場所，對吧？那是在什麼樣的時機下說的？」

「正是這一點困擾著我。」惠文露出了若有所思的表情，「一旦作出具體的設定，就會變得很無聊，或者應該說一點也不萌。」

「真的嗎？」

「嗯，例如像這樣的情況……兩個人置身在密室裡，女生因為和男生獨處而緊張得全身僵硬，男生察覺了，以一半體貼、一半取笑的口氣問了一句：『妳在怕我嗎？』女生心中不滿，嘟著嘴說：『有什麼好怕的？』男生於是用完全調侃的語氣對她說：『想要證明妳不怕我，就來我的懷裡待一會……』」

「很棒呀。」

「男生接著會說：『反正我們互相對對方沒興趣，應該沒關係吧？』女生板起一張臉，走向張開雙臂的男生。」

「真可愛。」

「兩個人抱了一會，男生畢竟是血氣方剛的年紀，明明沒有邪念，身體卻有了感覺，於是就說出了剛剛那句話。」

「聽起來很不錯呀。」

「不，不對。」惠文用力搖頭，「除了這個之外，我還想過各種不同的情況，但就是少了那麼一點味道。只有一句話的時候明明那麼萌、那麼能夠激發想像力，寫出詳細的設定卻會完全走了樣。」

其他三人似懂非懂地點了點頭。

「好像確實是這樣。」

「不要決定細節或許比較好。」

「只要一句話就夠了。」

「但是亞紗美她們卻完全無法體會。」惠文露出了落寞的神情，「她們說『這哪裡萌了，男生說這種話好噁心』。」

美織、花奈子和郁子高傲地說：

「亞紗美跟千鶴的興趣跟我們差太多了。」

「她們把幻想跟現實區分得很清楚。」

「等等，妳的意思是我們不清不楚？」

「當然呀，明明沒有和男生交往過，卻在這裡評論幻想的情節萌不萌。」

「這麼說也有道理。」

「亞紗美她們在閱讀虛構的小說時，似乎只會站在女性角色的立場。」惠文想了下，「但我們會兼顧男性和女性的立場，對吧？」

「啊，沒錯。」「就是這一點。」「有道理。」三人紛紛附和，「跟原本以為只有一點喜歡的女生單獨相處，身體竟然擅自出現了反應……我們可以很清楚地感受到男生此時此刻心頭的那股落寞感。當然現實生活中的男生會不會有這種感覺，又是另外一回事了。」

接著四人細細品嘗起俄式紅茶。美織喝完之後，緩緩開口：

「差不多該進入今天的議題了。」

「議題？」花奈子笑著說：「除了男人跟女人要怎麼做才會萌之外，我們還有其他議題？」

「又不是祕密集會。」惠文也跟著接話：「不過要當祕密集會，也不是不行。」

「因為我爸在吃晚餐的時候，經常會說『今晚的議題是什麼』。」美織解釋。

「美織的爸爸確實像是會說這種話的人。」郁子說。

「我每次都說『沒有』，但他總是會跟我媽媽聊得很開心。」

「他們都聊些什麼？」

「例如……妳們讀過喬治．歐威爾的《一九八四》這本小說嗎？作者在裡頭想像未來的一九八四年……當然這是很久以前的作品，現在早就過了他所想像的那個年代。總而言之，故事的背景是受到強大權力統治的極權主義社會。男主角是個政治犯，在遭到逮捕後被嚴刑拷打，後來他想到世界上有一個人可以代替他受刑，於是他大聲喊出了跟他一起遭逮捕的情人的名字。」

「這是什麼人渣？太過分了。」

「這也是一種愛的表現嗎？」

三人提出質疑，美織點頭說：

「很奇怪，對吧？這時我爸爸說了一句『讓我們來想想主角的心態和思考邏輯吧』。接著他們就開始東扯西扯，例如基督教裡對愛的定義什麼的，最後也沒得出什麼結論，卻拿出大衛．鮑伊的黑膠唱片……不是光碟唱片，是黑膠喲，播放裡頭的〈一九八四〉這首曲子，兩個人一起唱了起來。」

「妳爸媽感情真好。」

「妳爸真是年輕有活力。」

「他只是在裝年輕而已。」美織癟著嘴。

「而且有一種說不上來的性感魅力。」

「大概是因為他是個變態吧。」美織冷冷地說完，忽然想起一件事，便起身說道：

「對了，我想讓妳們看一樣東西。」

美織說完，便走出了房間。三人聽著美織穿過走廊的腳步聲，心裡不禁期待她會帶什麼樣的東西回來。每當父母不在家的日子，美織總是會招待朋友來家裡，拿出一些挑動大家好奇心的東西。這些東西都來自父親的書房，美織的父親是情色藝術愛好者，擁有大量相關畫冊和寫真集。有些太露骨的作品為了不被美織看見，會放在一座有木門的櫥櫃裡。但是美織要找出這些東西可說是不費吹灰之力，反而內心暗自竊笑：「爸以為這樣就算藏起來了嗎？」對於其他三人來說，雖然色情圖片或影片在網路上就找得到，但網路上找來的大多包含骯髒噁心的內容，相較之下，美織家的作品全都有著相當程度的品質及水準。再加上三人都還沒有自己專用的電腦，沒辦法肆無忌憚地長時間使用，因此在美織家裡觀摩作品成了她們的一大樂趣。

這幾個經常造訪美織房間的好友，早已看過不少沒有打上馬賽克的男人裸照、女人性器官特寫照，以及男女交媾的照片等。明明從來不曾親眼見過男人的性器官，卻已藉由照片瞭如指掌。「總覺得這樣好像不太對。」「會嗎？這很正常吧？」「與其看見實物時嚇一跳，不如先用照片磨練一下膽識。」這是她們最後討論出來的結論。有一次，惠文坐在電車車廂，站在前面的男人竟然拉開褲襠拉鍊，故意露出勃起的性器官讓惠文看見。惠文一方面覺得不舒服，另一方面卻也因為有了觀察的機會而暗自竊喜。「其實我心裡並不感到困擾，但我想我應該裝出害羞的模樣，那個暴露狂大叔才會開心，所以我故意做出扭扭捏捏的動作。為了向大家報告我的觀察結果，我可是看得非常仔細。」惠文如此描述，大家都笑得人仰馬翻。

美織回到房裡，將一本書放在眾人中間。那是一本大尺寸的西洋書籍，封面印著老舊黑白照片和金色文字。照片是一圈框線裡有著上下兩個場景：下半部是一名少女坐在長椅上撩起裙子，露出豐腴的臀部；上半部則是少女趴在另一名年長女人的大腿上，任由年長女人拍打她的臀部。由於下半部的少女小腿上放著一根長鬚皮鞭，可見得上半部拍打臀部的場景設定應該是浮現在少女腦中的性幻想。郁子指著封面上《Jeux de Dames Cruelles 1850-1960》這排金色書名問：

「這是法語吧？」

「丘、杜、達姆、克流艾爾……」惠文照著法語的發音念出來。

「什麼意思？」花奈子問。

「花奈子，妳的第二外語不也是法語嗎？要是連這幾個字也不知道意思，那實在是有點糟糕。」美織責備道。

「我應該知道啦。」花奈子慌了起來，趕緊試著翻譯，「呃……Jeux是遊戲的意思，Cruelles應該跟英文裡的意思一樣，Dames應該是婦人吧？我知道了，整句的意思是『殘酷婦人們的遊戲』。」

「這年頭沒人用婦人這種字眼了吧？」郁子批評道。

「如果要翻得優雅一點，就是『殘酷淑女們的嬉戲』？」惠文提出了另外一種譯文。

「淑女這種字眼，這年頭也沒人用了吧？」花奈子立即反擊。

「好吧，那就簡單譯為『女人』吧。」美織當起了仲裁者，「『殘酷女人們的嬉戲』。」

書中除了少數例外，絕大部分都是女人遭其他女人以手或鞭子責打臀部的性懲罰或性虐待照片。在一張顏色泛黃的十九世紀照片裡，幾個為了戲弄家庭教師而胡亂塗鴉的少女正在接受處罰。另一張照片裡，則是女僕長正對著不小心打破餐具的女僕舉起小鍋子。除此之外，還有一系列的照片是封面上幻想自己被打屁股的少女；以及打人的一方和被打的一方都赤身裸體的照片。隨著時代的前進，開始出現封口具、綑綁用的繩索和類似橡膠材質的服裝。在某張照片裡，一個女人坐在另一個女人身上，兩人臀部交疊，不知道攝影者到底想追求的是性感還是滑稽。但也有相當優美的照片，例如一張一九一〇年的照片，只拍出女人的下半身，穿著後開式傳統女性長內褲。

「果然打屁股也是一種性癖好，我早就這麼猜想了。」郁子喜形於色，彷彿發現了世界真理。

「對吧？」美織也露出會心的微笑，「我在網路上查過了，這種行為叫作「Spanking」，在世界上有一定程度的愛好者，只是不知道人數有多少。」

「這還有名稱？」郁子感嘆地說：「看來要在性癖好的領域裡找到新的癖好或玩法，已經是難如登天了？」

「加油，我相信妳找得到。」惠文笑著說：「等妳找到了，一定要告訴我。」

「為什麼屁股會這麼可愛？」花奈子翻著書本，深深嘆息，「是因為屁股長在身體背後，給人一種毫無防備的感覺嗎？如果長在前面，是不是也會有相同的感受？」

花奈子放下書本，從書包裡拿出每天都帶在身邊的無格紋筆記本和鉛筆盒。她取出自動鉛筆，先快速畫了正面女性裸體，接著在肚臍下方加上豐腴的臀部。她左看右看，沉吟了一會，又改畫一張側面圖。畫完之後，她歪著腦袋咕噥了一句「很難想像那模樣」，又畫了一張臀部長在乳房位置的裸體。最後她獨自陷入苦惱，大喊著：「完全不對，越差越遠了，這看起來好噁心。」美織拿起她手中的筆記本和自動鉛筆，說道：「先休息一下吧。」花奈子這才從痛苦中獲得解放，吁了長長一口氣。她瞥一眼地上那些自己所畫的圖，垂頭喪氣地說：「我怎麼會畫出這種東西。」

當然在四個人的腦袋裡，當初在旅行時美織轉述的「日夏和真汐對空穗進行體罰」的想像畫面，比眼前這本書裡的黑白照片更加鮮明清晰得多。

「要是拿這本書給日夏她們看，不知道會有什麼反應？」郁子說。

「這正是重點。」美織豎起手指。

「她們應該會受到刺激吧？搞不好會真的踏進這個世界。」花奈子說。

「這就難說了。」惠文沉吟：「日夏是個很注重理性思考的人，但在性方面的想法很天真。」

「拿給她們看看？」郁子問。

「唔……」惠文歪著頭思考了一會，「但是與其讓她們的關係變得尷尬，似乎維持自然更加有趣。」

「沒錯。」其他三人也點頭同意。

「就算要給她們看也不是現在，一定要挑最佳時機。」

惠文臉上帶著老謀深算的表情，其他三人也跟著露出奸笑。

三人收拾了東西準備回家，跟著美織走到一樓時，美織的母親剛好回來。她正打算將貝斯盒掛在廚房牆上，看見了三人便開口招呼：「歡迎妳們來玩……不過我好像說得太晚了？妳們要回去啦？」美織的母親聲音中氣十足，顯然不久前大聲唱歌過。三人朝她低頭鞠躬，她望向郁子說：

「郁子，我剛剛才跟妳媽媽一起練習樂團呢。」

「啊，家母承蒙照顧。」郁子有些緊張，「啊，當然我也是。」

「妳們是大學同學？」

惠文問起美織母親與郁子母親的關係。

「是啊，她一直感慨郁子明明學了鋼琴，卻不跟我們一起玩音樂呢。」

「我們想玩的音樂類型不一樣。」郁子以有些自豪的口吻說。

美織的母親再度環顧眾人。

「日夏呢？」

「她沒來。」美枝回答。

「好可惜，媽媽很想見她呢。」

三個客人一聽，全都笑了出來。

「真是不好意思，我們沒有辦法滿足妳。」

「媽，妳喜歡日夏有點過頭了。」美織也說。

「她很有意思。」

美織的母親脫下大衣。美織的父親洋溢著青春活力，母親也不遑多讓，肌膚依然柔嫩光亮，明明只是穿著黑色牛仔襯衫，卻散發出一種洗鍊脫俗的美感。根據美織的敘述，母親在十多歲的時候因為崇拜蘇西．奎特蘿而開始學習貝斯，練就出手臂的結實肌肉。除此之外，從外表也看得出來她有著相當豐滿的胸部。惠文忍不住想要詢問她跟那個喜歡收藏情色藝術作品的丈夫，在年輕的時候有著什麼樣的性癖好。但畢竟對父母輩的人不好意思問出口，最後大家還是只能閒聊一些關於日夏、真汐和空穗的事。直到走出美織的家，惠文才敢對大家表達心中的好奇。

「媽媽」的煩惱

早上第一堂課開始前，許多女同學都會擠在走廊窗邊，彷彿那裡就是她們的座位。

她們的目的，顯然是為了看一眼陸陸續續走進學校的學生們。許多女生想看的可能是心中暗戀的帥氣男生，但穗苅希和子的目標當然是蓮東苑子。這天希和子一看見苑子從校門外走了進來，忍不住讚嘆一句「今天的雙馬尾也很美」，臉上帶著陶然的笑意。久武冬美和須永素子各自冷冷地說了一句「那很好」，希和子卻彷彿沒有聽見。苑子一走到窗下，希和子立刻將身體探出窗外，揮手大喊「苑子早安」。苑子抬頭仰望二樓窗邊的希和子，只是微微一笑。苑子的身影完全從視野中消失後，希和子興奮地拚命跺腳，嘴裡喊著「好可愛」。

「可惜妳們一點也不可愛。」

後方傳來男同學的說話聲和數人的腳步聲。

「每天早上都像開朝會一樣，真是辛苦妳們了，醜女們。」

接著便是一陣訕笑聲。偶然經過的男生突然對我們說這種話，是早就習以為常的事情，因此我們的應對方式向來是不理不睬，甚至連看也不看一眼。但在聽見的瞬間總會讓原本的對話中斷，還是讓我們感到懊惱不已。

「又被影響了。」冬美咬著嘴唇說。

「明明不是什麼多高明的攻擊方式。」希和子也無奈地說。

「看來我們都還太嫩了。」素子跟著點了點頭。

「少女漫畫不也常常有這種劇情嗎？」冬美氣呼呼地說：「例如有個男生經常罵女生是醜女，某天卻突然說出『我從來不曾叫真正的醜女是醜女』這種話。妳們看到這種劇情，心裡會不會很想問一句『那所以呢』？」

「會、會！」素子立即大喊：「不管對方長得醜不醜，只要是會罵人醜女的男生，就是最爛的男生，並不會因為他說出這種話就改變觀感。」

「但是漫畫裡的女生卻往往聽了之後臉頰泛紅，簡直像是聽到什麼感人的詞句，真是讓人無法理解。」

「最讓人討厭的，是男生在說出『醜女』的時候，那副『如何，妳一定很難過吧』的嘴臉。」希和子也跟著附和道：「最讓人受不了的不是醜女這個字眼，而是那種噁心的表情。」

「其他學校男女生的關係，也像我們學校這麼糟嗎？」冬美問道。

「像我們這麼糟的學校，應該很少吧？」素子說：「這裡完全沒有我當初所期待的校園青春。」

根據井上亞紗美向男生班的青梅竹馬磯貝典行詢問的結果，這種男生討厭女生的風氣，其實是男生班的領袖人物鞠村尋斗刻意營造出來的。

「尋斗很討厭女生。不過聽說他也會看網路上的色情網站，所以他的性欲對象應該跟其他男生一樣，是女生才對。」磯貝典行在兩人住家附近路旁，皺著眉頭對亞紗美這麼說，「他從來不承認自己討厭女生，但是當他批評電視上的女性評論家或學校女同學時，口氣卻冷酷得讓人頭皮發麻。」

男生只要對同年級的女生釋出善意，就會引來鞠村的反感。就算是像亞紗美、磯貝這樣從小就認識的普通朋友，只要兩人在說話時被鞠村瞧見，磯貝也會遭鞠村刻意冷落好一陣子。因此兩人總是在放學後才在住家附近偷偷見面，平常在學校絕不互相靠近。

「為什麼大家要這麼在意尋斗的感受？」據說典行曾這麼發牢騷，「那傢伙簡直是呼風喚雨，誰也不敢反抗他。」

「幕後黑手果然是鞠村，如果沒有那傢伙就好了。」希和子說道。

「但是那些受了鞠村影響，在旁邊胡亂叫囂的男生更讓人討厭。」素子不屑地說。

就在我們討論著這個讓人心情鬱悶的話題時，忽然看見日夏與空穗並肩踏進校門，我們所有人都頓時感覺心情豁然開朗。空穗的頭部左側有一撮頭髮翹了起來，她似乎相當在意，不停用手按壓。此時日夏忽然伸出手，將手指當成捲髮器，把空穗那撮頭髮捲在上頭。空穗朝日夏說了不知什麼話，那撮頭髮自然地從日夏的手指上鬆開，空穗接著又以自己的手指捲住頭髮，朝日夏漾起微笑。

「今天早上還是一樣感情那麼好。」不知何時來到窗邊的惠文笑著說。

「她們昨天晚上睡空穗家？」惠文身旁的花奈子問道。

「但是真汐沒有跟她們在一起。」冬美詢問周圍的人：「真汐已經來了嗎？」

「應該還沒來。」

空穗的母親伊都子值夜班的晚上，日夏和真汐經常會住在空穗家，隔天早上再三個人一起上學。但是過去從未發生過只有日夏或真汐單獨和空穗同住的情況。當然這可能不是什麼大不了的事情。或許日夏和空穗並非一同離開空穗家，而是在車站碰巧遇到，才一起走來學校。但我們看見「我們的一家人」缺了一人，內心依然感到莫名不安。為什麼「媽媽」不在？「爸爸」與「王子」絕對不會想要與「媽媽」分開，或是認為沒有「媽媽」也無所謂。但是「媽媽」在哪裡？「爸爸」與「王子」怎麼會在沒有「媽媽」的情況下，還走得那麼悠哉？

就在日夏與空穗走過我們正下方的時候，二樓又響起了男生的聲音。

「大姊姊，也陪我玩嘛。」

「日夏大姊姊！」

與那些男生同樣站在二樓的所有女生，都不由自主地往聲音傳來的方向望去，空穗也仰頭看了一眼，日夏的頭卻絲毫沒有移動半分，對空穗說的話也完全沒有中斷，就這麼走進校舍。聚集在走廊另一側窗邊的四、五個男生依然喊著「大姊姊好冷淡」之類的話。從他們帶有取笑及戲弄意味的口氣，可以肯定絕對不會是基於好感說出那些話。但我們隱約察覺到，當調侃的對象變成日夏時，他們的用字遣詞也跟著變得拐彎抹角，不再是剛剛對希和子等人說出的那種不經大腦思考的詞句。

日夏與空穗登上樓梯，來到走廊。「大姊姊早！」花奈子說。「花奈子，怎麼連妳也這樣叫我？」日夏微微皺起了眉頭。果然她剛剛清楚聽見男生們的譏諷之詞，只是充耳不聞而已。我們不禁讚嘆「不愧是日夏」。

「我去弄濕頭髮。」空穗把書包放在座位上，立刻按著頭髮走出教室。

日夏朝空穗的背影喊了一句「如果妳跟我一起起床，就不會沒時間整理亂翹的頭髮」。我們聽見日夏這句話，瞬間確信日夏昨晚就睡在空穗家。我們的心頭感到隱隱刺痛，忍不住想要詢問：「那真汐呢？真汐在哪裡？」就在我們猶豫著該不該問出口的時候，日夏忽然望向教室門口，嘴裡發出「啊」的一聲輕呼。真汐面無表情地走進了教室，一臉倦懶地坐在自己的座位上。日夏當然立即起身朝她走去。我們的心中都感到鬆了口氣，但是真汐抬頭看見日夏時，表情竟然沒有絲毫改變，這讓我們的心頭又蒙上一層陰影。

日夏在真汐前方的座位坐下，朝真汐搭話，真汐也微微一笑，釋出善意。日夏顯得泰然自若，不時拉扯自己的制服袖口，或做出其他動作。雖然我們聽不見她們的對話內容，但真汐顯然受到吸引，逐漸恢復精神。日夏的話術並不算特別高明，卻有一種能夠吸引他人傾聽的魅力。日夏說了一會話，朝真汐露出微笑，真汐受到影響，也跟著笑了起來。到了這個階段，「爸爸」和「媽媽」算是恢復原本的親密關係，此時整理好頭髮的「王子」也走回來，摟住真汐的肩膀。真汐移動身體、讓出一半的座位，和空穗坐在同一張椅子上。

三人的畫面再度恢復完美，我們都放下心中的大石。然而一旦內心產生過不安，要完全抹除可說是難上加難。從這天起，「我們的一家人」的形象逐漸從完美無瑕，轉變為總是帶著一抹不安感與不穩定感。這個改變也讓我們察覺到一件事，那就是不安感與不穩定感也能成為撥弄心弦、挑動好奇心與情緒的絕佳要素。我們開始縱情幻想在看不見的地方發生過什麼事、接下來事態會如何發展。雖然我們的幻想都是以現實中所取得的資訊為基礎，但我們總是會情不自禁地加入一些自己的胡思亂想，讓故事朝著最讓我們感到有趣的方向發展。隨著這個變化，我們望向日夏、真汐和空穗的眼神也更加充滿了欲望。

三人關係的微妙改變，或許背後有著這樣的故事。

就在旅行的亢奮感逐漸消失、大家恢復正常作息生活的某一天，日夏與真汐帶著過夜的行李來到空穗家。伊都子這天值夜班，她們完全不用在意大人的目光。打從吃晚餐的時候，三人就笑聲不斷。空穗竟然將紅豆罐頭倒在豆腐上，號稱設計出一道自創料理。「這道料理是黃豆加上紅豆，所以我命名為『大小豆』。」空穗說得志得意滿，日夏與真汐戰戰兢兢地舉筷品嘗後卻露出凝重的表情。

「該怎麼形容呢……原本以為是鹹的，吃進嘴裡卻是甜的，那種感覺真不舒服。」

「豆腐跟紅豆照理來說應該會很搭才對……如果像餡蜜[10]一樣淋上糖漿或許不錯。」

「不，千萬不要再讓這個東西繼續發展下去，千萬不要。」

「一開始就預期它是鹹的，才會覺得難吃。應該徹底斬斷想像力，帶著隨緣的心情吃它。」空穗瞥了一眼唉聲嘆氣的日夏和真汐，一面說得煞有其事，一面將「大小豆」一口口送進嘴裡。到這邊為止，是「我們的一家人」親口告訴我們的趣事。雖然我們並不清楚這件事發生在哪一天，但那天晚上三人的對話應該也是大同小異吧。

就寢時，由於空穗的房間太狹小，三人是在有電視的和室房間打地鋪。棉被及墊被只有兩組，空穗只能躺在兩張墊被中間（這也是我們從三人口中聽來的實際狀況）。但兩張墊被中間有接縫、躺起來很不舒服，空穗睡到後來總是會不知不覺偏向其中一邊。睡在另一邊的人感覺到空穗遠離自己後，也會因為渴望獲得溫暖而忍不住朝空穗的方向移動身體，最後三個人總會變成相擁而眠。由於密閉空間有著一種令人害羞的魔力，因此我們猜測三人之間的親密舉動應該反而不像在學校那麼頻繁，但如果一時情不自禁，做出一些互相逗弄的行為也是很正常的事。

這天熄燈之後，空穗原本閉上眼睛準備要入眠，日夏和真汐卻開始朝她的臉上搔

10　餡蜜：在洋菜凍、蜜紅豆、湯圓等食材上頭淋上糖漿後食用的日本傳統甜食。

癢。剛開始，空穗還會反抗，左右甩著頭抗議「妳們幹什麼」。但是過了不久，不知是皮膚對刺激的感覺鈍化了，還是太想睡覺，空穗逐漸任憑她們擺布、不再嘗試抵抗。於是真汐也縮回手、正要跟著入眠時，卻在黑暗中隱約看見日夏的白皙手指依然溫柔逗弄著空穗的頭部和臉部，不知為何竟再也無法移開視線。日夏的手指沿著空穗的額頭逐漸往下，滑過鼻梁、落在嘴唇上。接下來有一小段時間，手指只是在嘴唇上輕捏或輕按，不久，指尖慢慢探入雙唇之間，靜謐中隱約響起濕滑的蠕動聲。

空穗似乎想要說話，聲音卻都轉變成模糊不清的悶哼。日夏嗤嗤竊笑起來。真汐不禁感到納悶，為什麼空穗的說話聲和日夏的笑聲都故意壓低了音量？由於光線昏暗，真汐無法看清楚她們到底在做什麼，卻可以明顯感受到她們正在享受著做這件事的樂趣。真汐決定伸出手，加入她們的遊戲。真汐的手指先觸摸到空穗的耳垂，接著沿耳朵輪廓移動，食指慢慢探入凹陷處。「噢，妳發明了新技巧？」日夏忽然開口。由於真汐正將手掌放在空穗的耳朵附近，可以隱約感覺到空穗動著她的下巴。空穗的牙齒與舌頭想必正與日夏的手指緊緊纏繞在一起。耳朵裡沒有牙齒也沒有舌頭，當然無法玩相同的遊戲，這讓真汐的心情頓時有些沮喪。而且空穗似乎正與日夏沉浸在兩人世界裡，根本沒注意到真汐的手指動作。

這是真汐第一次在三人相處時感覺自己遭到冷落。真汐縮回手，貼在自己的胸口附近。心臟的鼓動異常劇烈，宛如撞擊著自己的手掌。好無聊、好沒意思、好氣人、好討厭……表達感情的詞彙一一湧上心頭，真汐感覺到胸口迅速竄起一股寒意。好奇怪，為什麼會這樣？真汐在心中問著自己。但連她自己也不明白，這裡的「這樣」指的是自己的心情變化，還是日夏與空穗的深度親密行為。真汐只能在被窩裡發著愣，但兩人完全沒有察覺她的心情。空穗忽然笑了出來，日夏也跟著發出笑聲。「好了，該睡了。」日夏低聲說。真汐可以肯定日夏這句話的對象只有空穗，並不包含自己。

我們任憑心中的幻想不斷發展，並且適時地加入一些我們親耳聽聞的事實。

即使過了數天，那晚空穗與日夏在黑暗中的笑聲依然不斷迴盪在真汐耳畔。有時放學回家等紅綠燈時，那笑聲就會突然在耳邊響起。每當這種時候，真汐便會感覺彷佛有一團不斷扭曲、擴散的陰鬱物體壓迫著胸口，令自己的心情跌至谷底。自從與日夏一起得到空穗這個孩子之後，真汐從來沒想像過三人的親密關係會有失去平衡的一天。或者應該說，真汐完全無法想像日夏會像這樣重視其他女生更勝於自己。自從國中三年級時，日夏在眾目睽睽之下打了自己一巴掌，日夏就一直對自己百般呵護，隨時隨地都陪伴在身邊。剛開始，她一直以為日夏只是抱著補償心態，因此一直冷眼看待這樣的行為。但不知道從什麼時候開始，她已經接納總是無微不至照顧自己的日夏，甚至開始認為這種心靈平靜的日子會永遠持續下去。

拎著書包的真汐回到家門口，取出鑰匙打開大門的瞬間，燉魚的氣味撲鼻而來。母親與弟弟光紀正在客廳的餐桌吃著晚餐。「我回來了。」「妳回來了。」真汐與母親互相打了招呼，弟弟光紀只是瞥了姊姊一眼，便繼續默默吃飯。光紀筷子拿得非常好，可以輕而易舉地剝下魚肉。從側面看他的五官，有著美麗的鼻梁線條和烏黑的可愛眼睛。「他的性格應該也不壞，只是最近這幾年我跟他幾乎沒說過幾句話。」真汐曾經這麼向我們提到她的這個弟弟。真汐的母親原本想讓光紀跟真汐一樣就讀玉藻學園，但真汐與光紀都堅決反對，不希望進同一間學校，因此最後母親將光紀送進另一所國中就讀。光紀現在是三年級，聽說明年想要考排名較高的高中，因此每天都會很早就吃晚餐，由母親開車送他到補習班。

母親問真汐要不要一起吃，真汐回答「現在還不餓」，於是母親將留給真汐的菜放進餐罩裡，帶著光紀離開了。不一會，車庫傳來逐漸遠去的引擎聲，真汐此時終於能夠放鬆心情，泡一杯熱茶來喝。光紀在補習班的期間，母親會到健身房做運動，因此兩人都要到十點多才會回家。雖然父親隨時可能會回來，但在那之前，好歹有一小段悠閒時光。真汐添著飯，回想一些往事。當初自己在國中準備升學的時期，父母並沒有讓自己上補習班或是請家庭教師。後來真汐跟母親聊到這件事，母親辯稱是因為真汐的成績就算不上補習班也考得上，但真汐在心裡暗自反駁「是妳根本不在乎吧」。

真汐每天料理自己的午餐便當，也是因為母親做的便當只會放弟弟喜歡的菜色。每天早上，母親將便當盒交到光紀手上時，總會以甜膩的聲音補上一句「今天都是阿光喜歡的菜」。但母親從來不曾用相同嗓音對真汐說話，真汐一聽到那聲音就心情煩悶，才決定自己料理便當。母親雖然嘴裡抱怨著「要洗的碗盤變多了」和「這樣會搞不清楚冰箱還剩下什麼食材」，卻沒有堅決反對。此外，母親也說過「怎麼不連光紀的便當也做一做」之類的話，但光紀聽了之後露出相當排斥的表情，而且母親自己也不願意放棄為寶貝兒子做便當的權利，因此後來不曾再提。

光紀長得五官端正，加上成績很好，受到疼愛也是理所當然的事情。真汐還記得自己讀國小的時候，有一次親戚聚餐，酒醉的舅舅忽然說了一句「如果真汐也長得像光紀這樣就好了」。真汐剛聽到時並沒有什麼特別的想法，但包含舅媽在內的所有女性親戚全都責備舅舅不該亂說話，她們開始以「真汐長大後會越來越漂亮」之類的話來讚美真汐，真汐這才明白舅舅說了一句非常過分的話。平常真汐不會想起這段往事，但是當心情不好的時候，它就會浮上心頭。弟弟比姊姊優秀並不是什麼太大的問題，但要是姊姊連相貌也輸弟弟，那就有點難堪了。而且光紀長得很像母親。

每當記憶浮上心頭，就會勾起想要早點離家獨自生活的欲望。真汐與日夏在學校漸漸被稱為「夫妻」。姑且不論誰是夫、誰是妻，在真汐的內心深處，日夏就像是真正的終身伴侶。何況後來又多了空穗這個想要保護的對象，令真汐不時產生將來想要三個人一起生活的念頭。比起每天回家都會見到的家人，日夏與空穗彷彿才是能夠讓自己獲得心靈平靜的真正家人。但是，自從那趟校外教學旅行結束後，三人的關係開始產生微妙變化。空穗對日夏撒嬌的舉動越來越明顯，日夏似乎也甘之如飴。一旦日夏與空穗不再把心思放在真汐身上，這場家人遊戲自然也沒有辦法繼續下去。比起日夏與空穗，在這場三人的關係之中，陷得最深的人似乎是自己。剛開始明明抱著輕鬆遊戲的心情，此刻這場遊戲卻讓自己更加憂鬱。

在我們的想像之中，這就是真汐此刻的心境。

冷淡的侍奉者

真汐單獨行動的時間變多了。例如午休時間，她可能會拋下一句「我去福利社」或「我要打個電話回家」，便離開日夏與空穗的身邊，有時甚至直到上課鐘響才回到教室。關於真汐到底去了哪裡，我們收到許多目擊證詞。有人看見她在空無一人的理化教室裡，戴著耳機在人體模型面前跳舞。有人看見她在校舍後面走來走去，嘴裡不停背誦著英文單字。有人看見她在體育館跟學妹一起打籃球，還有人看見她在樹齡約一百二十年的櫸樹下默默祈禱。但這些傳聞都與真汐的形象天差地遠，只能證明每個人都想讓故事更加精采有趣。

比較值得相信的，大概只有惠文的目擊證詞。她說她去圖書館還書，回來的路上看見真汐與藤卷老師站著說話。兩人相隔著伸出手臂幾乎能碰到的距離，彼此的雙手都微微交叉在胸前。根據惠文的描述，當時兩人的交談並非如連珠砲般說個不停，卻也沒有陷入沉默，雙方態度都很平靜，但氣氛相當融洽。與其說是人跟人在對話，那氛圍更像是感情不錯的牛羚與狐獴在莽原上偶然相聚。「為什麼要跟藤卷講話？那樣做好玩嗎？」空穗聽了之後嘟起嘴，顯得有些不滿。

日夏對真汐的行為一直採取觀望的策略。不管真汐去了哪裡，日夏都只是以眼角餘光看著她消失的方向，並沒有追趕上去，接著便跟空穗一起加入我們的閒聊圈子。真汐回來的時候，日夏總是以開朗的態度迎接她，沒有顯露出任何芥蒂或質疑。聽到真汐與藤卷站著說話的那天，日夏雖然向真汐問了一句「妳跟藤卷聊了什麼」，但口氣依然溫柔和藹，與平日沒什麼不同。真汐聽日夏這麼問，表情不知為何竟有些靦腆。我們猜測她害羞的理由可能是被日夏得知她跟藤卷愉快聊天，也可能是因為日夏對她的態度還是那麼溫柔。她這麼回答：

「我們在聊學校裡的男生為什麼會對女生有那麼強的敵意。藤卷說，男生到了高中生的年紀，會有一段時期非常討厭異性。那就像是一種傳染病，等到男生的心智有所成長，這個現象就會消失。現在那些男生只是喜歡藉由攻擊異性來抒解壓力而已。」

「有抒解壓力的對象，真令人羨慕。哪像我，就算有壓力也不知道能攻擊誰。」

冬美難得在話語中流露出明顯的怒意。真汐轉頭看著她說：

「嗯，我也是這麼跟藤卷說。而且我還告訴藤卷，我們聽了男生那些傷人的話並沒有反擊，並不是因為我們不在乎，而是我們很害怕。男生的那種仇視心態和體格差距，讓我們不敢反抗。藤卷說其實男生也很怕我們女生，但我說我不這麼認為。那只是詭辯而已，根本不符合現實。男生的力氣比女生大那麼多，女生根本沒得比，男生怎麼可能對女生多害怕？」

「藤卷聽了之後怎麼回答？」日夏露出好奇的表情。

「他說最麻煩的一點，是我們學校並非真正的男女合校。如果能夠做到男女合班，或是乾脆將男生與女生的校舍分開，或許男女學生之間反而會和平得多。」

「嗯，至少他沒有找藉口掩飾。」日夏微笑著說。

這天放學後，我們幾個同學和「我們的一家人」一起到最近新開的家庭餐廳[11]吃飯。真汐點了一盤抓飯，餐點一送上來，她突然發出一聲哀嚎，一面抱怨「怎麼會有這麼大的青椒」，一面以叉子將青椒挑進身旁日夏的義大利麵盤子裡。「妳要放沒關係，但別放得像丟垃圾一樣。」日夏苦笑著說，真汐聽了也嗤嗤竊笑。在我們眼裡，此時的真汐完全是因為感受到日夏的愛意而笑逐顏開。過去這陣子我們一直憂心日夏與真汐的夫妻感情問題，此刻我們終於能夠跟她們一起露出微笑。

真汐不在身邊的時候，空穗的反應往往比日夏要明顯得多。空穗還曾經看著真汐的背影，轉頭問日夏：「我們不跟她一起去嗎？」但日夏只是輕拍空穗的臉頰，回了一句「不用了，每個人都會有些想要自己一個人辦的事情」，空穗聽了之後也沒再說什麼。其實我們都很希望她能夠稍微鬧一點脾氣，但空穗只要被日夏或真汐一哄，尤其是被日夏邊輕摸邊安撫，馬上就會安靜下來，這是我們都知道的事情。因此我們眼見日夏的手指在空穗的臉頰上輕輕滑動、時而輕戳一下，心裡都明白此時的空穗只想「當個好孩子」。

日夏撫摸的手法相當高明，能夠讓被撫摸的一方感到相當舒服，我們對此都有親身經驗。除了美織和惠文常以「那簡直是與生俱來的才能」、「她真是愛撫的天才」及「或許因為我們都對日夏抱持憧憬的關係，被其他女生撫摸就不會有那樣的感覺」之類的話語來大加讚美之外，許多讓她撫摸過的女生也紛紛聲稱「那感覺就像是變成了正在

11　家庭餐廳：以家庭聚餐為主要客群來源的餐廳，大多採用中等價位的連鎖式經營。

讓母貓整理毛的小貓」及「或許因為她的摸法既溫柔又充滿自信、完全沒有半點遲疑，讓人忍不住想要任憑她擺布」。甚至還有人說過「連以朋友的身分讓她撫摸都那麼舒服，要是當上她的情人，肯定會被她摸到飄飄欲仙吧」。每當我們想像那個畫面，內心就會有如小鹿亂撞，腦袋一片空白。

真汐與空穗一天到晚黏著日夏，或許有部分原因也是日夏的撫摸技巧太高明。尤其是每天接受各種花式愛撫的空穗，想必更是如此吧。而且自從旅行歸來之後，空穗更是如膠似漆地緊黏著日夏不放。從前的空穗雖然也會待在日夏的身邊，但只要日夏有一小段時間沒理會她，她就會開始感到無聊，不是左顧右盼就是提筆塗鴉。然而在旅行之後，空穗變得總是安分地坐在日夏旁邊，再也沒有任何不安於室的舉動。若以電動遊戲的術語來形容，就是「空穗對日夏的親密度增加了」，或是「空穗的等級提升了」。這正是讓我們深信「日夏與空穗一定發生過什麼不尋常的事情」的決定性證據。

於是我們開始想像日夏與空穗單獨相處那晚發生的事情。

那天早上，空穗告訴日夏「今天伊都子小姐要值夜班」，日夏於是在下課時問真汐「要不要一起去空穗家住」，真汐只是淡淡地回答「這次不去」。最近這陣子真汐的態度有些古怪，日夏原本就有預感會得到這樣的答案，一時之間還是忍不住凝視著真汐。事後每當日夏回想起當時的事情，總是會忍不住感到相當沮喪。不讓感情表露在臉上向來是自己的原則，那次卻忍不住破了例。幸好當時真汐並沒有看著自己的臉，或許她沒有發現。但日夏轉念又想，當時自己愣了一下才回答「好」，那一幕很可能已經被人看見了。一想到這點，日夏就忍不住想要咂嘴（事實上確實被花奈子看見了）。

「真汐最近怎麼了？她好像有點奇怪。」

日夏與空穗在空穗家面對面吃著晚餐，空穗突然說出這句話。今天的菜色也是空穗的自創料理，在加熱過的豆腐上放了納豆，還加上蔥花、芝麻和醬油。「為什麼要把兩種同樣是黃豆製成的食品放在一起？」日夏詢問。「上次是大小豆，這次是大大豆。」空穗得意洋洋地回答。由於這次的組合並不像大小豆那麼異想天開，日夏在吃的時候倒也沒有皺起眉頭。偶然間，日夏想起一點，說道：「醬油也是黃豆製成的，所以應該是大大大豆吧？」空穗喜孜孜地笑著回答：「真的耶。」日夏受到這溫馨氣氛所影響，也跟著笑了起來。

「我也不知道她是怎麼了。」日夏回答空穗剛剛的問題，「反正我們並沒有改變，只要靜靜等她回來就行了。」

過了半晌，空穗忽然又問：

「日夏，妳不會討厭真汐嗎？」

「為何這麼問？我有什麼理由要討厭她？」

「什麼樣的理由會讓妳討厭她？」

「這個嘛，如果她的牙齒掉光光，而且變成了一個很無聊的女人，或許我會討厭她吧。」

日夏這麼說著，感覺這簡直像是丈夫跟妻子（女兒的母親）真汐分居之後的父女家庭對話。日夏細細回想，班上那些同學擅自稱她們三人為「爸爸」、「媽媽」和「王子」，似乎讓自己在不知不覺中也接納了這個身分。看著真汐不在之後顯得相當寂寞的空穗，日夏的內心一方面感到不捨與憐惜，一方面卻又想要冷冷地對她說：「既然妳這麼寂寞，怎麼不乾脆去找她算了？」對於自己喜歡的人事物，日夏的心中總是存在著憐愛與冷酷兩種心情，因此從來不曾真正對某人或某物不可自拔。

像空穗對我這樣，才是不可自拔吧。日夏以雙唇和舌尖輕觸空穗的臉頰，心裡這麼想著。不，以不可自拔來形容或許太誇張了。該說是沉迷嗎？似乎也不太對。空穗並不是擁有強烈自我意識的人，本來就不會對一個人徹底沉迷到渾然忘我的地步。如今的空穗，或許只能算是對日夏特別「偏愛」而已。日夏的舌尖加重一絲力道，在空穗臉頰上輕輕畫圓。空穗閉上眼睛，露出舒服的表情。在與空穗開始做這種行為之前，日夏並不知道對臉頰的刺激會帶來那麼大的快感，這種人體感官刺激的神祕現象令日夏不禁大受感動。毫不反抗地依偎在自己懷裡的空穗是多麼可愛。日夏在空穗的臉頰上吸吮一陣，接著輕輕咬了一口，空穗忽然全身顫抖。但當她改為溫柔舔吮後，空穗又恢復成嬌軟無力的狀態。

旅行歸來之後，空穗對日夏撒嬌的程度已出現變化，這點日夏自己也察覺了。每當日夏的手搭在空穗肩膀上，空穗就會溫柔撫摸日夏的手，或是將手掌誘導到自己臉上，暗示日夏觸摸她的臉。有一次，空穗竟然在日夏的手掌上吻了一下，不曉得是蓄意還是偶然。這才讓日夏醒悟，原來這種事也在可以做的範圍之內。於是日夏撲了過去，將嘴唇貼在空穗冰涼的臉頰上。原本用手指做的事，只不過改成用嘴唇和舌頭做，照理來說應該沒有什麼不同，日夏的心中卻有種關係更深一層的感覺。原本做這種事只是帶著半開玩笑的胡鬧心態，此時卻開始追求更加舒服的做法。

最大的契機，還是那天的體罰吧。日夏如此回想著。空穗不注意左右來車就跑到馬路上、甚至責罵她的時候她竟然還頂嘴，這樣的行為讓我決定徹底教訓她一番，令她從此再也不敢頂嘴。話雖如此，總不能真的對空穗施暴。我靈機一動，想到可以像父母教訓孩子般拍打空穗的屁股。這種處罰方式不但能傳達關愛之情，也帶有令人莞爾的滑稽要素，不管是我、真汐或是挨打的空穗應該都不會想得太嚴重。實際做了之後，空穗顯得既吃驚又害羞，她右手抓著我的手、左手抓著真汐的手，嘴裡喊著「對不起，我已經反省了」。事後空穗還說：「小時候伊都子小姐也常常像這樣打我，比起來妳們打的一點也不痛。」我跟真汐聽了，都對空穗的可憐遭遇感到心疼不已。但我打了空穗的屁股，畢竟也算是暴力行為，不是什麼體面的事情。我的心中萌生了一絲罪惡感，而這股罪惡感轉化為憐惜感，讓我變得更加疼愛空穗。只要能讓空穗舒服，不管任何事都願意為她做。當然另一方面，也是因為我覺得這樣的行為很有趣。心裡猜測這麼做能讓對方感到舒服，做了之後，對方真的露出舒服的表情，看在眼裡真的相當有意思。我並不是想要靠這樣的行為來確認自己的價值，而是類似看見自己的計算或操作正確無誤時的喜悅心情。我雖然喜歡為他人做點什麼事，但基本上並不算是一個溫柔善良的人。

那一次的體罰，似乎也改變了空穗。她開始對觸摸的行為敏感起來。過去的她只是愣愣地任憑擺布而已，此時卻開始追求更深的刺激。抑或，在空穗心裡，她與我的關係依然只是模擬親子關係？以唇舌輕觸的行為，也只是親子間的肌膚之親？畢竟我跟她從來不曾舌頭相碰，我從未撫摸她的乳房，她也沒做出希望我這麼做的暗示。我只是不斷在脖子以上的範圍內找出讓空穗感到舒服的點，靠這種方式來逗弄、疼愛她而已。

事實上我根本不喜歡舌頭相觸的深吻。國中時參加弓道社，有陣子經常跟一個學姊接吻，因此我的吻技變得相當高明，卻一直無法理解為什麼有人會覺得這麼做很舒服。有時我會想要在臉頰或額頭上輕吻，但如果是深吻的話，就算只是看了電影裡的接吻畫面，也會覺得很噁心。或許我這個人天生沒有享受接吻的資質吧。有人說接吻是一種精神上的行為，如果這樣的說法是真的，或許代表我是一個心靈乾涸缺乏滋潤的人。我從來不知道戀愛的感覺是什麼，未來大概也沒有什麼機會跟人做愛。頂多只能用我自己的方式，愛撫像真汐和空穗那樣令我中意的對象。

回想起來，姊姊曾經對我說過一句「妳真冷漠」。理由似乎是我不太關心家人。但我反而認為姊姊對家人的關心已到了異常的程度，尤其是對母親。姊姊明明結了婚，每個星期還是會跑回家一次，黏在母親身邊不停閒聊。而且她經常擺出一副身為姊姊的嘴臉，要我「多孝順媽媽」，理由是母親的婚姻生活並不美滿。

「日夏，在姊姊小的時候，爸爸對媽媽做了很多非常過分的事。在妳懂事的時候，爸爸已經收斂了許多，所以或許妳不曉得。」年紀大我八歲的姊姊曾經這麼對我說，「爸爸從前非常壞心眼，例如他吃了媽媽做的菜，對調味不滿意，明明可以直接跟媽媽說，卻默默走到廚房自己重新調味。或許爸爸只是不想麻煩媽媽，但後來我看見媽媽在洗碗的時候流下了眼淚。」

然而日夏從來沒有親眼看過這種令人鼻酸的狀況。自己的父母雖然不像美織的父母那樣有如知己好友，但每到母親的生日，父親總是會送花。而且父親出差的時候，一定會買東西回來給母親，母親也總是開開心心收下。放假的日子，他們有時也會兩人一起出遊。在日夏的眼裡，他們就只是非常普通的夫妻。美織的父母看起來是自然地互相體貼關懷，自己的父母卻彷彿只是在盡自己的義務，彼此之間有種疏離感。話雖如此，但畢竟這世上並非所有夫妻都能建立起最理想的關係。自己的父母以夫妻關係而言，應該算是相處得還不錯了。在日夏心裡，真正應該自我檢討的反而是二十多歲還經常黏在母親身邊的姊姊。

姊姊要是這麼關心母親，當初為什麼要結婚？為什麼不乾脆租一間公寓，把母親接過去一起住，從此過著兩人生活？我有時會產生這種酸溜溜的想法。姊姊每次回來家裡，都會向哥哥和我絮絮叨叨地說教。有一次，她對我們說「媽媽當年是為了我們這些孩子才沒有離婚」，我一聽就覺得可笑至極，心中認定這一定是她自己編造出來的說詞。哥哥似乎也不以為然，立即反駁：「妳這麼說不對吧？什麼為了孩子才沒有離婚，這是身為父母最不該使用的推託之詞。」或許是因為覺得姊姊很煩的關係，哥哥後來決定就讀關西的大學，在去年春天搬了出去，而且總是以打工忙碌為藉口不肯回家。

哥哥的離開，對我未嘗不是一件好事。我跟這個大我三歲的哥哥也處得不好，從前經常吵架。哥哥雖然不會以高傲的口氣對我說教，但總是話中帶刺。為了跟他鬥嘴，我不僅學會了各種刁鑽刻薄的話術，也練就出一顆堅韌的心。小學六年級的時候，有一次我們在吃早餐時吵了起來，哥哥竟然拿起美乃滋擠在我臉上。我心裡氣炸了，但不願讓他看見自己生氣的表情，所以我拿起吐司，抹下臉上的美乃滋，當場吃了起來。我能擁有如此強韌的心靈，或許該感謝哥哥，雖然我到現在還是不喜歡他。

這麼想起來，我們全家人的關係實在很糟糕。就連姊姊跟母親的那種依戀關係，也稱不上健全。關係最健全穩定的，反而是父親與母親。日夏想到這裡，不禁暗笑姊姊完全想岔了。但是下一秒，日夏的心頭又萌生另一個懷疑。或許姊姊不斷向我們灌輸父親很過分、母親很可憐的觀念，是想讓哥哥和自己與父親產生嫌隙，讓父親與我們逐漸變得疏遠，如此一來才能建立起以母親和姊姊為核心的家庭。當然日夏立刻拋開這個念頭。就算是姊姊，應該也不會有這種邪惡的想法。然而這個念頭的餘韻卻在心中繚繞不去，令日夏一時之間心頭煩悶不已。

真汐和日夏一天到晚咕噥著「好想搬到外面一個人住」，但空穗從來不曾說過這種話。難道是因為空穗從小生長在母女單親家庭，沒有什麼想要獨自生活的欲望？日夏正要開口詢問空穗，才發現空穗已經睡著了。日夏於是蓋好空穗身上的棉被，回到自己的被窩。今天真汐不在，雖然可以睡一整床棉被，但或許是身旁少一個人的關係，感覺降低了一絲暖意。日夏不禁心想，真汐何時才會回到自己身邊？不管怎麼想，真汐都不可能在離開現實的家庭之前，先離開日夏、真汐與空穗三人的家庭。

自己再次使用了「一家人」這種班上同學擅自認定的形象，讓日夏的心裡有種莫名的尷尬。不管是我們三人，還是班上那些同學，都不可能永遠把「家人」當成口頭上的遊戲。自己跟真汐、空穗遲早有一天必須分離。高中生活也只剩下一年多一點了。畢業之後，大家會各自進入不同大學和科系，不僅沒有辦法天天見面，嶄新的生活也會讓大家對從前的高中同學逐漸失去興趣。誰會跟誰維持朋友關係，如今都說不準。因此日夏非常希望在接下來這一年多的時間裡，真汐能夠陪在自己身邊。畢竟在日夏心中，從來沒有任何一個人能夠像真汐這麼有趣，能夠深深吸引自己的目光。

日夏與空穗兩人相處的夜晚，就到此畫下句點，我們對「一家人」的幻想也告一段落。

跳不高

學校體育課是一種最糟糕的制度。它會讓先天體能不佳的人感到自尊心受損，而且從此厭惡運動。以上是惠文的主張。惠文的身體非常僵硬，前彎時手指碰不到腳尖。打從國小起，惠文對體育課便滿是痛苦回憶。「只要多加練習，身體一定會變軟。彎不下腰肯定是努力不夠。」國小時的老師如此聲稱，惠文相信了，每天在家裡強忍著痛楚練習前彎。經過練習之後，指尖的高度確實往下移動數公分，但還是碰不到腳尖。「為什麼他們就是無法理解，有些人不管怎麼努力都沒有用？那個時期，我每天都在幻想自己能進入一個所有人身體都很僵硬的世界。」惠文說得既哀怨又悲戚。

空穗也是個很討厭體育課的人。不管任何動作，她做起來都相當彆扭，一點也不具備所謂的機能美。上半身與下半身的動作配合也很差，例如練習籃球運球的時候，腳步一定會搖搖擺擺，沒有辦法順利前進。等到順利前進的時候，球一定會脫手飛出。除此之外，她跑步也很慢，還曾經因為五十公尺短跑的速度太慢，遭體育老師土屋佳惠（她的姓氏讀作TSUCHIYA，但我們都故意叫她DOYA[12]）責罵：「我不是叫妳全力衝刺嗎？妳知道全力衝刺是什麼意思嗎？」事實上我們都懷疑空穗這輩子從來不曾全力衝刺過，甚至也不知道該如何全力衝刺。畢竟她從小被浴衣的腰帶綁著，根本沒有辦法靈活移動身體。

12　「土屋」這個姓氏的一般讀音為TSUCHIYA，但因為「土」這個字也可以讀作DO，所以有了DOYA這個讀法。

進入第三學期[13]之後，體育課新增了跳高這項課程內容。由於跳高比馬拉松輕鬆得多，而且可以在體育館裡上課、不必到操場上，所以我們都不討厭。何況即使自己跳得不好，看別人跳卻是相當有趣的事。大部分的人都選擇較簡單的跨越式，但籃球社的城島環可以跳出美麗的背向式，日夏和鈴木千鶴的腹滾式也讓人眼睛為之一亮。此外還有些人使用的是自己發明的奇妙跳法，對旁觀者而言更是趣味性十足。

橫桿的高度通常從八十公分開始。DOYA聲稱這個高度「只要是會走路的人都跳得過」，但是果然不出我們所料，空穗與惠文失敗了。惠文嘴裡碎碎念著「我有懼高症」這個荒唐可笑的理由，第二次終於勉強成功，空穗則是連續兩次腳都勾到橫桿。原本一個人只能挑戰兩次，但DOYA讓她挑戰第三次，還建議她「跳起來的時候將大腿緊緊貼在身體上」。空穗照著做了，但大腿還是抬得不夠高，依然沒有成功。原本我們以為DOYA應該會放棄指導，叫空穗退下，讓下一個同學跳。沒想到DOYA似乎跟我們一樣喜歡逗弄空穗，她竟然一手扶著空穗的背，一手高高抬起空穗的大腿，說了一句「必須抬這麼高才行」，並且讓她跳第四次。但空穗的動作實在太笨拙，一勉強抬高大腿，身體就在空中失去平衡，撞上橫桿後跟著橫桿一起跌落在軟墊上。

DOYA低頭看著躺在軟墊上的空穗，一臉遺憾地說了一句「我本來還以為所有人至少都能跳過一百公分」。空穗起身朝我們的方向走來，DOYA又補了一句「好好鍛鍊身體，至少要到高中生的標準程度」。但在我們看來，空穗不僅身體僵硬，平衡感很也差，加上動作遲鈍，簡直就是個運動白痴，就算靠鍛鍊增加了一點力氣，也沒辦法到一般高中生的標準程度。空穗神情沮喪地回到我們身邊，真汐忽然以自言自語般的口吻說：

「所謂的標準跟平均，是把運動能力強的跟運動能力差的合在一起計算出的結果，不是嗎？既然如此，有些人的運動能力比標準還要差，這不是理所當然的事嗎？如果把這些人的運動能力提升到標準程度，那標準也會跟著上升，如此一來又會出現更多低於標準的人。到頭來低於標準的人，永遠都是低於標準。既然是這樣，以標準為追求目標

13 日本的學校為三學期制，第三學期約在每年的一月中旬至三月中旬。

不是很愚蠢的事情嗎？」

真汐說這番話，似乎並不是故意想讓老師聽見。但不知是真汐的聲音太響，還是DOYA的聽力太好，DOYA竟轉過頭來看著真汐，似乎還是聽見了。雖然DOYA臉上毫無表情，但我們都不禁捏一把冷汗，擔心她突然發飆，趕緊以眼神向日夏求助。日夏此時故意用慢條斯理的口吻說：

「站在指導者的立場來看，運動能力差的人只要能夠稍微提升運動能力，即使在整體中的排名依然很低，還是一件很有意義的事。」

「這我當然知道。」真汐立即反駁：「我想強調的是運動能力差的人心裡的感受。為了提升那一點點的運動能力，努力做這些明明不適合自己做的事情，忍受那麼多煎熬，到頭來自己在整體中的排名依然很低，誰還能夠堅持下去？」

DOYA聽見她們兩人突然開始爭辯，似乎嚇了一跳。我們的心情也都是七上八下，擔心日夏與真汐會越吵越凶，最後徹底決裂。真汐應該也很清楚，日夏剛剛說出那番話只是為了平息DOYA的怒氣。但她們兩人最近有一種莫名的疏離感，因此我們都擔憂她們有可能會因為一時情緒激動而造成無法挽回的局面。幸好日夏擺出退讓的態度，只是輕輕點頭，說了一聲「嗯」。她應該也很清楚，吵這種事根本沒有任何意義，因此適時地退縮了。真汐則是目光左右飄移，神情依然帶著三分恚怒，多半是反駁了日夏之後不知道該如何發洩自己心中的高亢情緒。

就在這時，空穗忽然輕輕握住真汐的手。空穗的表情既不像想安撫真汐的心情、也不像是要保護真汐，她只是用雙手手掌低調地包住真汐的手掌，就像是捧著珍貴的東西。雖然空穗看起來並不是有什麼特別想要傳達的事情，但這個舉動已表達了她對真汐的關心。我們心裡都想著，就算不是真汐而是自己，受到那樣的對待也會瞬間變得心平氣和吧。真汐恢復了稚嫩又純真的表情，視線越過空穗的肩膀，開始尋找日夏的臉孔。一看見日夏的笑容，真汐雖然立刻移開了視線，但臉上也露出了淡淡的微笑。DOYA的氣似乎也消了，她伸手一拍，高聲說道：「接下來換九十公分。」

橫桿提高至九十公分後，失敗者多了惠文、久武冬美和另外兩人。跳高失敗的同學必須脫離隊伍，在一旁觀摩。每次有新的失敗者加入她們的陣容時，惠文就會伸出手掌與對方擊掌，表達歡迎之意。失敗的方式可說是五花八門，有人將橫桿狠狠撞飛，有些人則是跑到橫桿前卻沒有順利起跳，反而雙手抓住了橫桿，臉上帶著不知如何是好的表情。升上九十五公分後，須永素子也失敗了。她在橫桿前做出起跳的動作，卻沒有順利起跳，下一瞬間又想重新起跳，卻一腳踢飛橫桿。「妳這是空手道的兩段踢嗎？」ＤＯＹＡ問。佐竹由梨乃則是嘗試了她在影片分享網站上學來的技巧。她看的似乎是韓國偶像團體的運動會影片，裡頭的韓國偶像以兩腳同時蹬地的方式起跳，並且用前空翻的動作翻越橫桿。由梨乃依樣畫葫蘆地照著做了，卻因為身體不夠彎，腹部撞倒橫桿。「這可不是在比賽誰撞掉橫桿的動作比較有趣！」ＤＯＹＡ大喊。

升上一百公分後，大部分的同學都沒辦法跳過。輪到真汐時，她先對大家說了一句「我一定跳不過」，接著竟然改變原本的跨越式跳法，改用類似腹滾式的奇怪姿勢起跳。雖然她的身體勉強從橫桿上方通過，卻因為全身呈現不自然的彎曲，最後竟以倒栽蔥的危險角度落在軟墊上。幸好她立刻站了起來，完全沒有受傷，才讓我們鬆了口氣。「我看到了什麼？」「這不是跳，是摔吧？」大家紛紛取笑，就連ＤＯＹＡ也數落一句：

「別用這種像跳樓自殺一樣的跳法。」真汐倒也沒有生氣，只是苦笑著回答：「就算叫我再跳一次，我也做不到。」正如同她這個預告，到了一百零五公分的時候，她的跳法不再出現不自然的彎曲，整個人很正常地落在軟墊上，只可惜橫桿也一起掉了下來。

井上亞紗美的跳法跟一般人大不相同。她的助跑角度非常大，跳起時身體側面幾乎跟橫桿平行。可惜她也在一百一十公分的時候失敗了。「我國中時能跳過一百一十五公分呢，難道是體重增加的關係？」亞紗美這麼對我們感嘆。我們都很想多看幾次她那種神奇的跳法，因此看見她沒有成功，心裡也都相當沮喪。習慣使用腹滾式的日夏，也在跳一百一十公分的時候勾到橫桿。「連亞紗美也跳不過，我當然不可能跳得過。」她這麼告訴大家，神色自若地走向失敗區。最後成功跳過一百一十公分的同學，只有鈴木千鶴跟城島環兩人。在她們兩人也失敗之前，其他所有同學都只能在一旁觀摩。

千鶴在跳一百二十公分的時候失敗了。最後只剩下環，她在一百二十五公分的第二次挑戰成功跳過。環的身高超過一百七十公分，這當然也是優勢之一，但除此之外，她那個背對著橫桿毫不遲疑地起跳、在精準時機點抬腳弓身的動作，讓我們不禁懷疑她的後腦杓、肩胛骨、腰際及腳踝都長了眼睛。到了一百三十公分的時候，環連續兩次失敗，坐在失敗區的眾人不約而同地發出嘆息聲。DOYA接著又讓她嘗試了三次，但她都沒有跳過，第三次的時候身體高度明顯下降，似乎已用盡力氣。「好，到此為止吧。真是可惜。」DOYA安慰了環一句，她一臉遺憾地瞪了橫桿一眼。

這堂感覺起來相當漫長的體育課終於結束了。在更衣室裡換衣服的時候，花奈子問環：「跳那麼高的感覺一定很舒服吧？」

「跳起來只是一瞬間的事情，哪有什麼舒不舒服。如果是撐竿跳的話，停留在空中的時間比較長，或許很舒服也不一定。」

「有道理。」郁子附和：「利用棒子的彈力跳到空中，一定很舒服。」

「我絕對做不到。」惠文說：「我有懼高症，就算再舒服也做不到。」

「惠文，妳就算沒有懼高症也做不到吧。」美織笑著說。

「好想攀在某個人身上，閉上眼睛跟著一起跳跳看。」惠文露出一臉期盼的表情。

「哇，真會給人添麻煩。」「拖油瓶。」「想得太美了。」所有人同時取笑她。但如果不是惠文，而是兩個可愛的女生一起撐竿跳，那夢幻般的景象確實能夠挑逗起我們心中的憧憬。跳竿因為兩個人的重量嚴重彎曲，就在大家擔心她們會摔下來的瞬間，跳竿驟然伸直，兩道人影飛上天空。緊接著大家又擔心她們會就這麼消失在天空中，但是兩道人影在越過了橫桿之後，平安地落回地面，臉上帶著燦爛的笑容。我們每個人都在心中暗暗決定，等到回家之後，有了獨處的時間，一定要把剛剛浮現在腦海的影像重新播放一遍。

體育課結束之後，我們看見真汐獨自走出教室，內心再度上演起了我們的幻想故事。

每當回憶起手掌被空穗輕輕握住的觸感，真汐便感覺到一股溫熱的暖流不斷自胸口深處湧出。一股搔癢難耐的感覺，讓真汐再也按捺不住，決定走出教室。這股想要壓抑又想要任憑它汩汩湧出的情緒，到底是什麼？走了一會，想要壓抑的念頭逐漸消失，真汐開始能夠細細體會胸中的這股暖意。那種感覺就好像自己重獲新生，變得率真而純情了。

說起率真與純情，這兩個形容詞幾乎可以跟空穗畫上等號。難道是在接受空穗觸摸之後，我也被她同化了？空穗向來擁有一種能夠讓人變得純真的奇妙能力。每個人在面對空穗的時候，都會因為安心而變得純真，甚至還會產生一股想要玩弄眼前這個可愛生物的邪惡欲望。當然如果做得太過火，空穗也會反抗，但如果只是同學們的小小逗弄，空穗並不會太過在意。或許因為這個緣故，反而讓大家在空穗的面前變得更加純真了。當然我跟日夏也不例外。我們不僅變得純真，而且還因為太過喜歡，而捨不得放開空穗。想到這裡，真汐的內心忽然有種類似幸福的感覺。

藤卷老師從前方走來，手持點名簿在肩膀上輕敲。心靈變得純真的真汐，看著藤卷的眼神比平常開朗明亮得多。藤卷揚起了眉毛，顯得有些意外。但他旋即一如往常對真汐露出慈和的表情。

根據日夏的描述，真汐與藤卷之間的氣氛變得這麼溫馨，原因其實是一件微不足道的小事。這件事發生在國中三年級第二學期差不多過了一半的時候。那一天，校方要求從國中一年級到高中三年級的所有學生，都得利用上課時間輪流到操場幫忙拔草。以年級為單位，每個年級必須拔草一個小時。由於拔草的姿勢很不舒服、行為本身又很無聊，我們都只是像機械一樣動著雙手，根本不在意手中拔起的是什麼樣的草。偶然間，真汐發現了一枚四葉苜蓿，也就是俗稱的幸運草。真汐對這種東西不感興趣，問了身旁的日夏，日夏也搖頭表示不想要。真汐於是抬起頭，心裡猶豫著不知該送誰才好。此時擔任男生班級任導師的藤卷剛好在附近，兩人四目相交。

真汐想起藤卷有個就讀國小低年級的女兒，於是把幸運草遞給藤卷，說道：「請送給女兒吧。」藤卷相當驚訝，沒想到在學校裡以脾氣古怪著稱的女學生竟然會對自己釋出善意。「妳要送給我？這種幸運的東西，不是應該自己留著？」藤卷問。真汐表示無所謂，藤卷於是笑容滿面地說：「謝謝妳，我女兒一定很開心。我會找機會報答這份恩情。」但是真汐此時的心情，只是把一個自己沒興趣的麻煩東西送出去而已。藤卷離開之後，真汐問日夏：「不過是一件小事，他為什麼那麼開心？」日夏回答：「或許是因為到了他這個年紀，很少有人會為他做什麼事，所以即使是一點小事，也會讓他高興得不得了。」

從此之後，藤卷就一直對真汐抱持著好感。原本在大人面前總是顯得固執又偏激的真汐，也漸漸變得唯獨在面對藤卷時會表現出友善的一面。這天，真汐看見藤卷邊用點名簿敲著肩膀邊走過來。藤卷在真汐的面前停下腳步，真汐主動對他說：

「今天我又說了不該說的話，被土屋老師瞪了一眼。」

「土屋老師不是個會記恨的人。」藤卷氣定神閒地說。

「我明明知道沒必要故意招惹別人，這張嘴卻總是愛亂說話，看來我的人生會過得很坎坷。」

真汐難得說出這種話，藤卷喜孜孜地說：

「但一定也有人喜歡妳這種不考慮利益得失的率真性格。現在舞原跟藥井不就跟妳很要好嗎？這世上不會全是敵人。」

原本就因為被空穗握住了手掌而變得率真的真汐，聽了這句話之後驀然感覺眼淚快要奪眶而出。但真汐強忍了下來，臉上擠出淡淡的微笑說道：

「但願如此。」

藤卷一臉認真地點了點頭，沒有再說些什麼，就這麼邁步離去。但真汐不禁擔憂，剛剛自己差點哭出來的表情，可能已經被藤卷看穿了。真汐暗罵自己沒用，就算是受了感動，也不該表現出軟弱的一面。但是當真汐再度舉步時，空穗的手掌觸感又浮上心頭。「算了。」真汐嘴裡如此呢喃，原本想要武裝自己的心情完全被湧出的暖流融化。

真汐回想起藤卷那句話，不禁笑了出來。十年後的自己，或許過著孤獨無依的生活，只能把藤卷說過的那句話當成唯一藉口。但姑且不論未來會如何，至少現在那句話確實對自己起了激勵作用。

真汐轉頭望向藤卷離去的方向。希望藤卷的女兒能夠有一個受到眾人疼愛的輕鬆人生，不要像我一樣。真汐在心中誠摯地如此默禱。

第四章　羅曼史的混淆

挨打的孩子‧2

「我被伊都子小姐打了。她已經很久沒有像那樣打我。」第三學期開始後不久的某天，空穗一到學校，劈頭第一句話便這麼告訴大家。「妳做了什麼壞事？」花奈子問。

「那件事確實是我不對……」空穗於是向我們說起來龍去脈。

「我掉了顆橘子在地板上忘記撿起來，後來橘子發霉、變成一團爛糊糊的東西。我今天早上起來，正在房間換衣服，忽然聽見廚房傳來吆喝聲。那聲音聽起來雄壯威武，簡直像是要上戰場一樣。一走出房間，就看見伊都子小姐朝我殺來，給了我一巴掌。原來戰場上的敵人就是我。」

我們聽了空穗那少根筋的描述方式，都差點笑出來，但馬上又為她的悲慘遭遇感到胸口一陣刺痛。我們趕緊在她的左邊臉頰尋找挨巴掌的痕跡，幸好既未紅腫也沒留下手印，讓我們剎時鬆了一口氣。

「妳怎麼不立刻閃開？」花奈子問。

「因為她發動突襲。後來她把我拉到廚房，逼我看地上那團綠色的橘子，邊敲打我的背邊罵我太邋遢，沒有顧好家裡。」

「妳怎麼不躲開？」郁子難過地問。

「我覺得最好乖乖挨打，才能讓她消氣。後來她的氣消了，我在清理橘子和擦拭地板的時候，她也幫忙拿酒精消毒，雖然那時候臉色還有點臭。」

站在後方的真汐，將雙手放在前方坐著的空穗兩側肩膀上，一旁的日夏也伸手撫摸空穗的臉頰。

「這樣妳還來學校，真是太乖了。」花奈子嘆了一口氣，「要是我，一定會氣得出門旅行個一天吧。」

「不是離家出走，只是出門旅行一天？」美織笑著問。

「因為我沒錢、沒地方住，也沒有賺錢的能力。我可能會到小田原泡個溫泉，然後就回家吧。」

「真正該旅行的人，是伊都子小姐。」空穗說得斬釘截鐵，「或許因為工作太忙的關係，她每天看起來都心情煩躁。而且她這個人一鬧起脾氣，就會一發不可收拾，我很擔心她有一天會對病患施暴被警察抓走。」

真汐原本正撫摸著空穗的頭，聽到這段話時整個人有些僵住。我們也全都感覺到胸中一陣苦澀。空穗在說這些話時，語氣中帶著無奈、驚愕及靜靜燃燒的怒意，足以讓聽的人為之動容。若是在一般情況下，或許我們會數落一句「不應該這麼說自己的母親」，但此時我們沒有一個人想說出這句話。當然我們都知道，這跟世界上許多家暴的父母比起來只是小巫見大巫。我們也知道，空穗與伊都子還是有著母女之情。但在聽了那麼多次伊都子動粗的事蹟之後，我們都不禁懷疑空穗的極端被動性格是源自於從小遭到母親責打。

日夏淡淡地問道：

「如果伊都子小姐真的被警察抓走了，妳會怎麼做？」

空穗想了一下後說：

「總不能棄她不顧。我應該會帶著一些食物到看守所或監獄探望她吧。」

「真是忠厚老實。」「好乖的孩子。」我們紛紛讚美。日夏接著又問：

「但妳自己的日子要怎麼過？妳家公寓的房貸應該還沒有還完，而且案子如果鬧大，也會引來社會的關注。」

「何必問得這麼具體？」

美織插嘴一句。但空穗想得非常認真。

「應該會休學去打工吧。不知道進監獄的情況，能不能領到房貸的保險金？如果不行的話，也只能賣掉房子了。還有為了躲避社會的關注，可能得搬到沒有人認識我的地方才行。但我得定期到監獄探監，所以不能住得離監獄太遠。」

「妳不必躲我們。」真汐提醒：「我們會不時去看看妳，妳千萬不能躲起來喲。」

日夏也點點頭。空穗轉頭對著身後的真汐露出微笑說：「謝謝妳們。」

空穗與伊都子的家庭倫理劇當然也很感人肺腑、賺人熱淚，但對於我們這些「我們的一家人」的旁觀者而言，話題沒有繼續延伸到日夏、真汐與空穗三人的共同生活，實在有點可惜。畢竟三人雖然不像全盛時期整天黏在一起，但真汐也不像前一陣子那樣經常獨自行動，最近她待在日夏及空穗身邊的時間變多了。

就在同一天，美織與惠文抓住機會問真汐：「妳們只會不時去看看她？為什麼不是三個人住在一起？」「你們還想繼續聊這個話題？」真汐笑了起來，「如果空穗希望一起住，當然沒問題。但如果空穗一直在等待伊都子出獄，她應該也不需要臨時的同居人吧？」真汐淡淡說出自己的想法。果然現實沒有辦法完全按照我們的期待發展，這是我們的結論。伊都子入獄服刑的故事雖然是「我們的一家人」自己提出的珍貴橋段，但由於看起來無法發展出什麼精采內容，我們決定不加以採納。

「果然單親家庭的孩子不會輕易離開母親。」

「可惜伊都子的家暴情況並沒有那麼嚴重，否則我們就可以搞出逃家劇情了。」

「我才不要呢。我不想讓空穗在想像中承受比現在更多的暴力。」

「對了，不如讓伊都子再婚如何？空穗在家裡的立場變得尷尬，自然會想要搬出來跟日夏、真汐一起住。」

「真是個好主意，而且伊都子也能獲得幸福。但是，她找得到結婚對象嗎？」

「我也不知道。我甚至想不到什麼樣的人能跟她合得來。」

最後我們將伊都子再婚的提案也暫時保留。想要讓我們的幻想更加成長茁壯，就必須從現實生活中吸收養分。因此我們決定別讓劇情發展得太快，先暫時觀察（觀賞）一陣子再說。雖然我們都抱持著事不關己的看熱鬧心態，但同時心中都隱隱有一股無力感。我們都很清楚自己沒辦法像日夏和真汐那樣，對空穗的人生造成影響。我們的職責只在於觀察、解釋、潤飾和傳遞她們的故事，至於推動現實生活中的事態發展，那不是我們這些角色該做的事。即使如此，在得知空穗被伊都子責打的當下、隔天體育課換衣服時看見空穗肩胛骨上有兩片瘀青的那個瞬間，我們心裡還是不禁有股衝動，想要拋下學校和自己的家庭，守護著「我們的一家人」逃到天涯海角。

日夏看見空穗肩胛骨上那些瘀青時，雖然嘴上什麼也沒說，卻有一瞬間顯得情緒激動。她在與空穗私下相處時會說些什麼話或做些什麼事，當然是我們關心的焦點。真汐雖然表現出比任何人都強烈的怒意，但我們猜測她還是不會到空穗家去住，因此在接下來的幻想劇情裡，她並不會登場。

日夏與空穗決定在睡覺前背英文單字和片語，她們各自鑽進被窩看著手中的英文單字卡。日夏全神貫注地背誦著，沒有發出半點聲音，但是空穗的專注力不像日夏那麼好，她不時會動來動去，一下子改為仰躺、一下子又變成側臥。空穗的聽力很敏銳，能夠發出非常標準的外語發音，對背單字卻不拿手。一些旋律單純的曲子，她只要聽過一次就能記住，其他事情卻沒辦法發揮那麼高的專注力。別說是周圍的人，就連空穗自己也不明白為什麼會這樣。不過空穗的專注力似乎也有週期性的差異，每隔一段時間就會有一陣子完全停止無謂的動作，進入專注的狀態。日夏轉頭望向空穗的時候，空穗正專心地看著單字卡。空穗察覺到日夏的視線，並沒有轉頭，只是嘴裡咕噥一句「我可沒睡」。日夏笑著說：「我並沒有說妳睡了。」但下一秒，空穗的臉忽然臉埋進枕頭，手上還抓著自己的單字卡說：「……我忽然好想睡。」

日夏放下單字卡，開口說：

「妳的背讓我看一下。」

「背嗎？」

空穗沒有詢問原因，在棉被裡解開睡衣的前排鈕釦。「不必全部脫掉。」日夏制止她。「咦？那要怎麼讓妳看？」空穗一臉納悶地拉開自己的棉被。「脫掉左手的袖子。」「趴著不要動。」日夏依序做出指示，空穗全部乖乖聽話照做，那模樣讓日夏感到既可愛又憐惜。但此時沒有時間多想這些，日夏低頭看著空穗的纖細身體，輕輕拉開睡衣左半邊。左側肩胛骨附近的兩片瘀青已經從青色轉變為黃色，但依然相當明顯。當初在更衣室感受到的胸口刺痛感再度湧上心頭。

空穗似乎不知道自己背上有瘀青，還很天真地說了一句「我可沒有刺青」。日夏用食指輕輕觸摸空穗背上的黃色瘀青，問道：「這裡會痛嗎？」空穗想也不想地回答：「不會。」她似乎察覺到日夏撫摸的部位就是當初被伊都子打的位置，接著說：「有痕跡嗎？現在完全不會痛。」「壓了也不會痛？」日夏問。「我也不知道。」「我稍微壓壓看。」「嗯。」於是日夏輕輕按壓。「啊，有點痛。」「對不起。」日夏趕緊向她道歉。「這有什麼好道歉的？跟當初被打的時候比起來，現在的痛就跟蚊子叮沒兩樣。」空穗滿不在乎地說。

日夏撫摸著空穗的後腦杓，視線卻一直無法從黃色的瘀青上移開。好想撫摸瘀青。一方面怕她會痛，一方面卻又想治療她的瘀青。日夏禁不起心中的欲望誘惑湊上嘴，以自己的舌頭碰觸那些瘀青。那動作就像幼小的野獸接受母親的舔拭一樣，而且舌頭既柔軟又溫暖，應該不會痛才對。空穗似乎也不特別驚慌，只是默默承受著日夏的行為。「會痛嗎？」為了保險起見，日夏向她確認。「不會。」空穗回答。於是日夏繼續溫柔滑動著自己的舌頭。有時日夏還會將嘴唇也貼上去。空出來的雙手，則開始撫摸起空穗的頭頂及手臂。日夏向來是個貼心的人，或許習慣做出撫慰的動作也是一種天性吧。在第一片瘀青上舔了一會，日夏開始小心翼翼地舔起第二片瘀青。

日夏的手掌沿著空穗下垂的手臂往下滑，最後放在空穗的臀部上。旅行那晚打了她屁股的記憶重上心頭，日夏忍不住在心中說著「對不起」，一邊輕撫著圓弧狀的臀部。恰到好處的柔軟程度與彈力，摸起來非常舒服。空穗雖然沒有什麼運動的經驗，臀部卻相當緊實有魅力，據說那是因為她從小沒有可以一同遊玩的兄弟姊妹，只好每天都一個人在住家附近跑來跑去。我撫摸她的臀部，會不會有點奇怪？日夏的心中驀然產生了這樣的疑惑，但空穗完全不抵抗，也沒有表現出不悅感。事實上當日夏在撫摸空穗的時候，她從來不曾表現出不願意的態度。

空穗不知不覺已開始發出細微的鼾聲。一股發自內心的強烈憐愛感讓日夏忍不住緊緊抱住空穗。空穗扭動一下身體，以充滿倦意的聲音呢喃一句「啊，我睡著了」，接著翻個身，又打算繼續睡去。「先穿好睡衣吧。」日夏說著，拉起她的手穿過袖子，翻成仰躺姿勢後開始幫她扣上鈕釦，順序是由下往上扣。大約扣到剩下三顆鈕釦的時候，空穗的一邊乳房約有三分之一的範圍映入日夏眼簾。那毫無防備又清新可愛的模樣，不僅激起了保護欲，也讓人不禁想要以輕戳或搔癢的方式來逗弄她。這或許也算是一種性感魅力吧。過去日夏一直以為空穗是全天下最不具備性感魅力的女生，今天的發現讓她感到有些吃驚。

不過日夏還是迅速扣上空穗的所有鈕釦，並沒有因為這個發現而稍有停留。為空穗蓋上棉被的時候，日夏又低頭看了一眼睡得正熟的空穗。肌膚完全遮蔽之後，眼前的女生果然就只剩下小動物般的可愛感而已。仔細想想，為什麼可愛這個要素會具有如此誘人的魔力？那形象彷彿在訴說著「疼愛我吧、疼愛我吧、疼愛我吧」。日夏抱著納悶的心情，再度移動到空穗的上方，手掌放在空穗身上。空穗醒了過來，同樣露出些許納悶的表情，問道：「怎麼了？覺得很寂寞嗎？」日夏面露苦笑，正想要否認，空穗卻搶先一步緊緊抱住日夏的身體。

「好，那我們抱著一起睡吧。」

日夏正想回應一句「覺得寂寞的人是妳吧」，轉念又想，畢竟這是空穗的好意，還是應該接受才對。雖然被誤會自己在撒嬌實在有些不甘願，但無論如何不應該糟蹋空穗的好意。「謝謝。」最後日夏只說了這麼一句話。日夏維持著與空穗相擁的姿勢，伸手拿起枕頭邊的遙控器，關掉了暖氣。接著日夏微微抬起上半身，拉扯連接電燈開關的延長繩，將燈也關上。最後日夏確實蓋好了棉被，才讓身體重新與空穗的身體貼合。雖然既溫暖又舒服，卻不知為何多了一絲感傷。日夏不禁懷疑，或許自己真的就像空穗所說的，是個寂寞的人。

　　但日夏馬上否定心中的疑惑。這不是寂寞。如今我心中的感傷，跟一般人口中所說的寂寞並不相同。這是一種不管是誰、不管有著什麼樣的出生背景、不管有著什麼樣的性格，都必定會產生的情緒。這種情緒就像是存在於呼吸的根源處、就像是緊緊依附在幸福感的背面。這不是一種會讓心情激昂亢奮的情緒，如果可以的話，多麼希望自己永遠不要察覺這股情緒的存在。如果可以的話，多麼希望沉浸在單調的安心感之中。不過無所謂，反正我不是一個多愁善感的人，不會受感傷情緒所影響。既然身邊有一個這麼可愛的生物，當然要好好用來取悅自己。

　　空穗已深深熟睡。日夏捏著她的上嘴唇，輕輕拉了拉，她完全沒有醒來。這麼嬌弱無力的女孩子竟然會為我擔憂，這是多麼令人開心的事。日夏的眼神漾起笑意。不知道數十年後，空穗會不會變成腰圍粗壯的中年大嬸？屆時她跟年老的伊都子強弱關係逆轉，當伊都子發脾氣的時候，她會不會對伊都子說一句「生氣對妳沒好處」？老練而強韌的空穗比起現在嬌柔無力的空穗，似乎又能給人另一種樂趣。希望空穗可以早日強硬起來。但如果是明天，又太早了一點。我還想繼續從現在的空穗身上找到樂趣。日夏胡亂想著這些事，意識也逐漸朦朧。

母女摔角

「最近來家裡住的同學都只有一個？」

伊都子與空穗在廚房面對面吃著晚餐時，伊都子忽然這麼問道。似乎是因為瀝水架上只有兩人份的餐具，讓伊都子察覺到變化。空穗嚥下伊都子親手料理的油菜涼拌油豆皮，心裡感慨著果然比自己的自創料理好吃得多，嘴上應了一聲「嗯」。當然我們都不在現場，這只是加入部分真實要素的幻想橋段。伊都子接著又問：

「是哪一個？」

「日夏。」

「噢，是日夏。那另一個同學呢？是不是因為交了男朋友，所以變忙了？」

「妳說真汐嗎？我想應該不可能。」

「畢竟是女孩子，可能有很多事情要忙吧。」伊都子忽然指著餐桌上的醃漬櫻島白蘿蔔說：「妳怎麼都不吃這個？」

「那個有酒的味道。」

「又不是小孩子。看來妳的全身上下，就只剩下舌頭還是小孩子。」

伊都子嗤嗤笑了起來，空穗也只好跟著陪笑了幾聲。

「妳進了這間高中之後，交到願意照顧妳的好朋友，我也很為妳開心。果然我說得沒錯，選擇玉藻學園是正確的決定，對吧？」

伊都子雖然說得得意洋洋，但她其實也只不過是在醫院跟人聊到附近的高中，偶然聽見「玉藻高中的形象還不錯」的傳聞，私下查了學費金額之後，回來命令空穗「報考這一間」而已。空穗心裡想著「妳也不是多會挑」，但當然沒有說出口。其實原本伊都子跟空穗都認為高中讀哪裡都一樣，所以空穗原本只打算報考自己成績差不多剛好考得上的縣立高中。改變了報考目標之後，空穗依照伊都子的指示增加每天的讀書時間，順利考上了玉藻學園，但其實空穗對玉藻學園一無所知。雖然後來空穗與日夏、真汐這些同學們建立起深厚的情誼，但空穗心裡很清楚，這完全只是偶然。如果自己進入另一個班級，很有可能完全交不到朋友，就這麼度過三年的孤獨生活。

「不曉得日夏跟真汐到底看上了妳哪一點？」

雖然不知道伊都子是認真的還是在開玩笑，空穗還是表達了抗議。

「妳是我媽媽，應該知道女兒的優點吧？」

「不，我完全不知道。」

伊都子心情好的時候，會變得很喜歡向空穗搭話。尤其是在空穗上高中之後，與其說是想要陪伴空穗，不如說是渴求空穗的陪伴。空穗雖然心裡有點厭煩，還是只能乖乖配合。

「我也不知道。」

「或許是她們看妳完全不會做家事，不忍心放任妳這麼下去。」

「我現在已經會做了。」這下空穗真的生氣了，「雖然還有點笨拙，但我現在已經會做菜、打掃，也會洗衣服了。因為日夏跟真汐都跟我說這些事還是要做才行。」

伊都子的臉上也帶著一點歉意。

「仔細想想，妳最近確實都有做。」

「我還洗了媽媽的ＬＬ尺寸大內褲。」

伊都子的想法起伏變化很大，有段時期一天到晚逼空穗「好好用功讀書」，但過一陣子卻又完全不提讀書的事。而且就算是在逼空穗讀書的時期，伊都子也不會記得空穗的成績在班上大約是第幾名。因此空穗曾經懷疑伊都子根本不關心自己。直到最近，空穗才漸漸體會伊都子並非不關心自己，而是她的關心沒有連貫性，又時常搖擺不定。如今伊都子完全沒有察覺空穗在她不在家時做了多少家事，也只是關心的時期還沒有到來而已。

「其實應該是L，不是ＬＬ。」伊都子極力辯護，「我只是不想把身體包得太緊，才故意選擇大一碼。內褲本來就應該穿得寬鬆一點，最好蓋到肚臍附近。妳也該學學我，別老是穿低腰內褲。」

「我才不要，學校裡才沒人穿那種內褲。」

「不然同學都穿什麼樣的內褲？」

「像是有蕾絲邊的……對了，日夏穿的內褲，腳伸進去的地方沒有鬆緊帶，只有一些可以飄起來的褶邊。我也想穿那種內褲，一點也不緊。」

「妳可別穿那種裝可愛的東西。」伊都子發出訕笑聲，「聽說最近很流行女用兜襠布，每個部位都不會受到束縛，穿了之後會非常健康。我也很想買來穿，但好看的女用兜襠布都很貴，我還考慮買醫院裡的醫療用品店賣的T字固定帶來穿呢。反正形狀跟兜襠布差不多。」

「拜託妳不要，我不想洗兜襠布。」空穗大聲哀嚎，「我不希望媽媽變成中年大叔。」

「真是太過分了，也不過是變成中年大叔，就不洗我的衣物？以前妳的衣物不管是什麼，我都照洗不誤呢。」

空穗已懶得再陪伊都子聊下去。同樣是遭到調侃，如果是日夏，自己會有一種受到包容與安撫的安心感。但類似的話從伊都子的口中說出，卻只像在耍任性、鬧脾氣。從前伊都子在家裡，可說是擁有絕對的權威。這幾年的伊都子，雖然高高在上的態度完全沒變，卻隱約流露出一種接近依賴與懇求同情的懦弱感。空穗不禁在心中問自己：「我沒辦法全盤接納這樣的伊都子，是因為自己還是個孩子嗎？」而且伊都子一旦發起飆來，又會恢復從前那種盛氣凌人的模樣，那又是另一種難應付的狀況。為什麼伊都子不能成熟一點？相較之下，日夏更像個成熟穩重的大人。

沒多久，空穗察覺伊都子不再說話，只是默默凝視著自己。伊都子也察覺到空穗的視線，開口問道：

「妳現在是不是想著，如果日夏是妳媽媽就好了？」

「咦？沒那回事。」空穗想也不想地回答。事實上空穗是真的這麼認為，並非是為了安撫伊都子。

「何況日夏在學校的綽號是『爸爸』。」

伊都子似乎對這個答案還不滿意，空穗只好繼續說：

「日夏雖然很照顧我，但她只是朋友，我不會把她當成媽媽。」

「那就好。」

伊都子心滿意足地點了點頭，空穗這才鬆口氣，啜了一口煎茶。雖然剛剛自己那幾句話並沒有說謊，但空穗心裡很清楚，自己的內心抱持著一些可能會讓伊都子勃然大怒的感情，這也讓空穗的心中產生一絲罪惡感。被日夏撫摸很舒服，被伊都子撫摸很不舒服。和日夏在一起的時候，會因為期待接下來又將發生什麼有趣的事而雀躍不已。和伊都子在一起的時候，雖然也能開開玩笑或是愉快地聊天，卻完全沒有彷彿踏入未知世界的亢奮感。說得更明白點，和日夏在一起的時候，比和伊都子相處時快樂多了。如果要挑選一個人一同漂流到無人島，自己一定會選擇日夏，而不是伊都子。

日夏在無人島上，應該會以高明的技術生火、製作捕捉獵物的陷阱。做菜方面雖然是真汐最厲害，但自己也擅長煮出任何食譜上都沒有的自創料理。正當空穗天馬行空地胡思亂想時，伊都子再度開口說話了。這次她以親切的口吻說道：

「不管日夏、真汐跟妳多麼要好，女人一旦交了男朋友，就會把朋友拋到一邊，這點妳要有所覺悟。」

「我知道。」

空穗雖然板起臉這麼回答，內心卻不由得感到懷疑。別說是日夏或真汐了，就算是花奈子、惠文或美織等，也完全不像是會為了男朋友而拋開一切的人。況且日本的不婚族比例越來越高，同學裡多半會有好幾個人一輩子不結婚。空穗想到這裡，伊都子又說出一句令人生氣的話。

「空穗，所以妳一定要學會什麼事都能自己來。」

「我現在已經幾乎什麼事都自己來了。」

伊都子根本不理解現在的自己。在她的眼裡，自己還停留在小學生的狀態。這點實在讓空穗無法忍受。

「妳不是還會讓橘子在地板上腐爛？」伊都子說。

空穗被這麼數落也無法反駁，只好心不甘情不願地點了點頭。伊都子擺出一副勝利者的嘴臉。說到橘子那件事，妳應該露出的是後悔打了我的表情吧？空穗在心中如此嘀咕。但是對伊都子來說，責打空穗只是一件雞毛蒜皮的小事，恐怕早已忘得一乾二淨。空穗甚至連嘆氣也懶了，只能抬頭看著半空中。

這天空穗一大早就顯露出一副坐立不安的態度，不停在椅子上扭來扭去。「妳屁股長蟯蟲？」花奈子問。「我不是屁股癢，是伊都子小姐逼我穿兜襠布。」空穗不滿地說。我們一聽，頓時議論紛紛。「兜襠布？」「啊，最近好像很流行。」「天啊，真不敢相信。」「有些設計得很可愛呢。」聊了一會之後，我們懇求空穗：「什麼樣的兜襠布？讓我們看看。」「在這裡怎麼讓妳們看？」空穗斷然拒絕。

空穗遭到伊都子「逼迫穿兜襠布」的詳情是這樣的：那晚伊都子聲稱想穿穿看兜襠布時，空穗已經強調「不想洗那種東西」。沒想到過了一陣子，就在昨天晚上，空穗洗完澡，竟發現自己準備好、放在睡衣上的小內褲不翼而飛。取而代之的是一條從來沒見過的粉紅色棉布，上頭還附著細繩。空穗原本還以為是一個小布袋，但當她以兩手攤開一看，才發現那根本不是袋子。空穗朝著那玩意上下打量，又拉了拉細繩，最後根據布條的寬度，推測出那應該是一種設計成內褲形狀的兜襠布。

伊都子此時正在客廳看著電視，空穗包著浴巾奔到她面前，舉起手裡的兜襠布問：「這是怎麼回事？」伊都子氣定神閒地回答：「妳上次說不希望我穿兜襠布，所以我想讓妳先穿穿看，體會兜襠布的好處。這個設計得很漂亮，對吧？我還特別挑選可愛的顏色呢。」空穗氣得大喊「開什麼玩笑」，拉開平常放內衣褲的衣櫥抽屜，才發現自己的小內褲全都不見了。「妳藏到哪裡去了？」空穗問伊都子，伊都子卻說什麼也不肯回答，只是重複說著：「別那麼固執，妳就穿一天看看吧。如果妳真的不喜歡，以後我也不會再逼妳穿。」空穗迫於無奈，只好穿起兜襠布上床睡覺。

「於是就這麼穿來了。」空穗臭著臉說明來龍去脈，「她還指正我，說什麼不能講『穿』兜襠布，要講『綁』兜襠布，我才不管那麼多呢。」

一時之間，我們都不知道這種場合該不該笑。惠文觀察著空穗的臉色說：

「簡直像是SM遊戲的道具，而且是很羞恥的那種。」

「SM遊戲？」空穗瞪著眼睛說：「妳的意思是說，我被欺負了？」

「看來伊都子小姐很喜歡捉弄人。」日夏說。

「沒錯，她的心智年齡越來越退化了。」空穗點頭回答。

「穿起來舒不舒服？」真汐問。

空穗露出帶點靦腆的微笑。

「還不錯。又鬆又軟，感覺很舒服。但我一定要告訴伊都子小姐『很不舒服』，誰叫她拿我當白老鼠。」

空穗似乎正在與伊都子進行著一場半認真、半開玩笑的對決。但大家都看得出來她完全不是伊都子的對手，肯定會被伊都子玩弄在股掌之上。

「有機會讓我看一下。」

說出這句話的人，是我們的羅曼史中的「媽媽」，也就是真汐。

「嗯，下次妳來我家住的時候。」

空穗喜孜孜地回答。

因為有了這件事，我們決定幻想一個日夏、真汐與空穗終於三人同榻而眠的橋段。日夏與真汐並肩跪立在墊被上，空穗脫下睡褲，露出裡頭風格清爽的粉紅色三角形棉布。空穗承受著兩人的視線，表情竟有些洋洋得意。

「真的耶，比想像中還要可愛。」真汐不禁讚嘆。

「聽說這種形狀的兜襠布叫作『畚箕兜襠布』，至於我們平常看到的那種前面垂一塊布的款式則是『越中兜襠布』。」空穗說明。

「從形狀來看，有點像側邊用細繩連起的內褲，但是兩腿之間擠了那麼大一塊布，不會覺得累贅嗎？」日夏問。

「沒什麼感覺。」空穗回答。

「讓我看看後面。」

空穗依照真汐的指示轉過身。後側的棉布面積比前側更寬大，幾乎包覆整個臀部。但同樣有不少布擠在中間，形成一條條皺紋。那種令人忍不住想要伸手觸摸的可愛感，甚至可以說是性感的魅力，讓日夏一時之間說不出話來。這股魅力是來自空穗的屁股，還是來自那條輕飄飄的薄布？抑或兩者皆是？日夏忍不住認真思考起這個問題。「這個歪七扭八的皺紋不能拉平嗎？」真汐的手指捏起棉布扭曲處，試著上下、左右及前後拉扯。「真汐，好癢！」空穗忍不住往後縮起臀部。真汐哈哈大笑，伸手在棉布上用力抓了一把。空穗尖聲大叫，整個人倒在真汐懷裡。

空穗仰靠在真汐身上，忙著將因為動作太大而鬆脫的兜襠布細繩重新綁緊。真汐從背後摟抱空穗，自己的身體也呈傾斜狀態，手臂與日夏緊密貼合。上次三人一起渡過如此親密的時光，是多久以前的事了？一想到這點，日夏便感覺全身甜蜜又酥軟。日夏伸出手，原本想要撫摸空穗的頭，但中途改變了心意，換成以指尖在真汐的臉頰上輕戳兩、三下。真汐轉過頭來，問了一句「怎麼了」，但她一看見日夏的微笑，雙頰竟染上一片紅暈。日夏見真汐臉紅，也感到有些意外。「咦？怎麼了？」日夏有些納悶地反問。真汐露出一臉嗔怒的表情，應了一句「沒什麼」，抱著空穗將全身的體重壓在日夏身上。日夏笑得更是燦爛，空穗轉頭望向背後的兩人。

這才是「我們的一家人」該有的景象。

Sign of Affection

空穗為了在兜襠布事件中反將伊都子一軍，故意對伊都子說出虛假的感想：「一點也不舒服，最好別穿那種東西。」沒想到伊都子不知是看穿空穗的計謀還是如何，竟然嗤嗤一笑，回答：「我才不會穿呢。打從一開始，我就不打算穿那種東西。像我這麼時髦又有型的女人，怎麼可能穿兜襠布？」空穗氣得不得了，忍不住想要將伊都子的ＬＬ尺寸內褲全部拿出來剪掉兩側，讓它們變成兜襠布的形狀。但空穗當然沒有勇氣真的這麼做，只能忍氣吞聲，自己三不五時就穿上兜襠布。

這對母女的兜襠布攻防戰雖然也很有趣，但我們心中最關心的當然還是羅曼史。三月的某一天，我們聽到傳聞，穗苅希和子最心愛的蓮東苑子被男生班的古見和生告白，答應跟對方交往。剎時之間，這個傳聞吸引了我們全部的注意力。雖然早在國中時期，就有同年級的男女變成情侶的例子，但最近這兩年我們學校的男女學生關係越來越糟，已經有好一陣子沒傳出這種花邊新聞了。而且女主角還是傻裡傻氣、彷彿對任何事情都不縈於心的苑子，更是跌破我們的眼鏡。據說苑子打從入學之後，已有好幾個男生向她告白過，其中還包含高年級的學長，但她全都斷然拒絕。何況古見和生這個男生雖然成績還不錯，長相卻不俊美，在班上也不算領袖人物，沒有什麼特別突出的優點，更讓我們有如丈二金剛摸不著腦袋。

「這實在不像苑子會做的事。難道她終於決定不再當個不食人間煙火的人了？我去問問她。」

希和子丟下這句話後，便小跑步進入隔壁班，沒多久卻垂頭喪氣地走了回來。一問之下，原來希和子詢問苑子：「妳喜歡上那個姓古見的男生了嗎？」苑子以她一如往常的可愛嗓音回答：「沒有，幾乎沒說過話。我只是想在高中時期留下一點跟男生交往的回憶。」希和子幾乎不敢相信自己的耳朵，問道：「就只是為了留下回憶？」苑子似乎以為希和子在責怪她，流露出些許不悅之色說：「有什麼關係？反正他根本不瞭解我，卻說想跟我交往，肯定不會是真的喜歡我。」苑子頓了一下，接著又說：「希和子，妳不是也一樣嗎？妳一天到晚說我長得可愛，但妳稱讚過我的內在嗎？」希和子一聽，感覺彷彿有一把刀插在自己胸口。

「我回她『內在這種東西，本來就很難看見』，可是我看她對這個回答好像不太滿意，所以又補上一句『但只要是看得見的部分，我全部都愛』，接著就逃回來了。」

希和子愁眉苦臉地向大家說明剛剛與苑子的對話，惠文安慰她一句「其實妳回答得還不錯」，希和子卻彷彿沒有聽見，嘴裡不停呢喃著：「要是我被她討厭了，該怎麼辦才好？」花奈子也跟著安撫道：「苑子那個人可能連討厭一個人的感覺都不知道，她現在大概已經忘得一乾二淨了。」須永素子接著又說了一句：「其實外在能被喜歡，也該知足。總比外在跟內在都不被當一回事好得多。」好幾個人聽了之後都用力點頭。後來希和子還是一個人不停地唉聲嘆氣，嘴裡說著：「雖然我並不特別想跟苑子交往，也不希望她愛我，但如果她不肯對我笑，我一定會很難過。」

除了這個淒涼的羅曼史之外，「我們的一家人」的羅曼史也在靜靜地發展中。真汐的態度還是一樣讓人難以捉摸，有時陪在日夏與空穗身邊，偶爾卻又單獨行動。我們根據過去的想像劇情，創作出新的橋段。

上次住在空穗家的那晚，日夏用手指在我的臉頰上輕戳了幾下。我剛好在單字卡上發現這個動作的英文，稱作「pat」。為了深入瞭解這個字眼的涵義，我查了英英辭典。解釋文中的一句「a sign of affection」吸引了我的目光。affection跟love有什麼不同？一查之下，辭典裡對affection的解釋是「（對孩子或妻子的）感情、疼惜之心」，意思似乎沒有love那麼廣泛。自從查過辭典後，我每次只要想到「a sign of affection」這句英文，就覺得有點害羞又有些飄飄然的感覺。

在那個當下，我確實感受到日夏對我的疼惜之心。受到輕觸的臉頰，有種彷彿快要融化的欣喜感。日夏溫柔的臉孔就在我眼前，我看著那巧妙融合了冷淡與甜蜜的表情，內心再度萌生一種最近有好一陣子沒有出現過的念頭。這個人，就是我的避風港。同學們稱呼我們是「爸爸和媽媽」，說得一點也沒錯，這個人就是我的伴侶。我抱著這樣的心情，忍不住依偎在日夏身上，向她撒嬌。但是另一方面，我卻感到懊惱又悔恨，不明白自己怎麼會這麼輕易就被日夏灌了迷湯。事實上我跟日夏的關係，打從一開始就是處於這樣的狀態。不管我想做什麼，日夏都放手讓我去做，還對我表現出完全的包容與接納。這雖然帶給我一種安心又舒服的感覺，但日夏的手裡永遠握著韁繩，我就像是被她馴服的馬。再加上日夏隨時可以放開韁繩，徹底拋棄我。在兩人的關係之中，日夏永遠掌握著主導權，這令我感到非常不甘心。

日夏在女生群裡非常受歡迎，她的粉絲都很羨慕我，常說出「只要能像真汐一樣受到日夏關心呵護，我願意放棄一切」之類的話。在我的心裡，受日夏喜歡也是讓我非常自豪的事。但我從來不認為自己可以「放棄一切」，這是否代表我已經過慣奢侈的人生，變得貪心不足了？空穗也是一樣，我相信比起我，她應該更喜歡日夏。雖然我自己也認為這是理所當然的事，但是每當日夏與空穗甜蜜嬉戲卻把我冷落在一旁時，我總是會忍不住自怨自艾，感嘆自己沒有辦法成為她們任何一方的最愛。我知道空穗也很喜歡我，也明白空穗不可能取代我在日夏心中的地位。

但我總覺得在她們兩人之間，存在著某種我與日夏或我與空穗之間並不存在的感覺。該怎麼形容呢？那就好像是一種放得開的感覺，兩人可以在一瞬間就進入極度濃情蜜意的狀態。但若問我是否也想要那種放得開的感覺，或是問我是否想要與日夏或空穗做出宛如她們兩人之間所做的那種甜蜜嬉戲舉動，其實答案都是否定的。當然若單以空穗這方來看，平時我就常抱著輕鬆的心態逗弄她，我自己也無法想像有什麼樣的舉動能夠比那樣更加親密。但是，日夏的情況則有些不同。假如我與日夏的相處模式變得更加緊密，任由她做出取悅我或讓我更加舒服的行為，我相信我們的關係會發生變化。倘若我像空穗一樣毫無防備地將身體完全交給日夏處置，日夏一定會對我感到失望，不再像過去一樣珍惜我，何況我也沒有辦法容許自己完全卸下心防，沉溺在快樂的世界之中。

我有著頑固的性格，我的自尊心極強，而且我身上穿著又硬又重的鎧甲。現在的日夏只是基於一股好玩的心態，故意輕敲或搖晃我的鎧甲，引誘我作出反應，藉此來取悅我和她自己。但我有預感，總有一天她會帶著空穗從我身邊離開。因此我一直在鍛鍊心靈，好讓自己隨時可以離開日夏和空穗、讓自己能夠承受一輩子獨自生活的孤寂。我想要戰勝一切源自我的內心、會讓我變得懦弱的感情和欲望。總有一天，我將能獲得不管承受再大衝擊都不會破損的強韌心靈。

我們假設真汐的心中抱持著這些想法。那麼日夏心裡又在想些什麼呢？以下我們繼續捏造日夏的內心世界。

日夏回想起國中時期曾經跟我們同班過的某個同學。她叫澤口由芽理，或許因為成績太好的關係，國中畢業後她考上其他高中，並沒有繼續就讀玉藻學園高中部。她是個一看就知道非常認真上進的女生，但是個性很隨和，從來不惹事也不鑽探他人隱私，跟大家都合得來。

日夏回想起澤口由芽理這個人，是因為她在遇上不愉快的事情時的態度。例如有一次，由芽理在聊天時提到她的家人為了保持身體健康，每天都會吃某種食品。像這種別人家的家務事，本來沒有必要刻意批評，沒想到竟然有個同學很不識相，突然說出「那種食品吃多了對健康也不太好」之類的話。像這樣聽見不中聽的話時，由芽理就會突然變得面無表情。她既不反駁，也不隨口敷衍，而是選擇放空。有時說話的人誤以為她沒聽見，又說了一次，她依然會維持放空的狀態。當然對失禮的話充耳不聞是很常見的應對技巧，但由芽理的放空似乎不是應對技巧，而是一種徹底封鎖視覺和聽覺的行為，藉此阻隔所有讓自己不愉快的事物。

還有一次，由芽理因為考試成績不理想，看起來相當沮喪。日夏跟其他幾個同學向她搭話，她向大家解釋一旦自己的成績變差，就會被父母當成空氣。由芽理的父母從來不會大聲罵她或責打她，也不會以不給零用錢、甚至是不給飯吃當作處罰。但是每當由芽理犯錯，父母就會有三天到一星期的時間完全不跟她說話，甚至連眼神也不對上。如果有什麼緊急要聯絡的事情，就寫在紙上。日夏等人壓抑住想要說出「這根本是霸凌」的衝動，只以「那一定很難受」之類的話來表達心中的遺憾。偏偏就有那麼一個口無遮攔的同學忽然開口：「聽說就算是家裡養的貓，如果體罰或大吼，也會導致個性偏差。所以當貓做了壞事時，最好的處罰方式就是不理牠。」由芽理聽了之後，一臉認真地說：「沒錯，我爸爸確實說過，他們這一招是參考了訓練貓的技巧。」

最令人難忘的一件事，發生在國中三年級快要結束的時候。由芽理已確定要轉學到其他學校，她的母親來學校陪著由芽理向理事長和老師們道謝。大家發現由芽理走在母親身旁的時候，竟然也是面無表情，彷彿封閉一切感官知覺，看起來死氣沉沉。那模樣就跟聽到同學說出傷人之語時一模一樣。

日夏想到這裡，不禁感慨身為人子的悲哀也有各種不同狀況。像由芽理那樣一遇到不開心的事情就靠著封閉自我來熬過去，或許也算是一種生活的智慧吧。但是在日夏看來，這樣的做法實在是一點也不有趣。相較之下，真汐和空穗不管在家裡還是在學校，遇上任何問題都會坦然承受，並且表現出相應的憤怒或苦惱神情。正因為如此，跟她們在一起總是樂趣無窮。如今的由芽理，是否依然默默忍受著雙親的管教？她是否曾經完全釋放自己的感情，以大哭大鬧的方式來表達心中的不滿？當一個人已習慣像那樣封閉自我之後，還能跟他人建立真正的親密關係嗎？抑或，人跟人之間只要有一定程度的交情即可，根本不需要建立那麼親密的關係？

日夏的思緒接著轉移到真汐身上。不久前的那天晚上，真汐難得主動依偎在我身上，那模樣實在可愛。從她的肢體動作，可以明顯看出她心中的矛盾與糾葛。我才不要向她撒嬌……絕對不向她撒嬌……算了，今天就撒嬌一下吧……我彷彿可以聽見她心中的這些聲音。我很喜歡觀察真汐的頑固心態像這樣逐漸瓦解的過程。國中的時候，我曾經為了跟她建立情誼而想盡辦法主動接近她，但她總是散發出一股拒人於千里之外的冷漠氛圍。如今看著她的表情一天比一天軟化、終於露出發自內心的笑容，實在讓我相當欣慰。同學們也異口同聲地說「真汐簡直像變了一個人」，還有人問我「到底施展了什麼魔法」。這當然不是什麼魔法，我只是盡可能表現出誠意，讓她相信我跟她站在同一邊而已。這說起來很簡單，做起來可是一點也不容易。

不管是人或動物都一樣，沒有受到疼愛，就不可能變得可愛。這是日夏秉持的觀點。倘若經常遭受傷害，表情必定會冷漠無情、委靡不振或是充滿敵意。但只要給予關愛，外表就會逐漸變得甜美又可愛。隔壁鄰居家的那條狗，正是最好的例子。那條狗在快要遭衛生所的人殺死的時候，被鄰居搶救回來飼養。一開始，牠的表情既灰暗又畏畏縮縮，但經過一段時間真心誠意的照顧之後，如今牠的表情已變得開朗又愛撒嬌。同樣的道理，我相信真汐一定能變得更可愛。若單看她與空穗的相處模式，會讓人不禁覺得她似乎是個喜歡站在主動立場而不喜歡處於被動狀態的人。但是在親眼看見真汐卸下心防時的可愛模樣後，我開始認為真汐其實是個非常喜歡處在被動狀態、非常喜歡受到關懷的人。如果我能夠對真汐表現出更多關懷，或許就可以誘發出她心中更多的可愛要素，但畢竟她是個既敏感又纖細、甚至可以說有點神經質的女生，我怕做得太過火，反而會弄巧成拙。

至於空穗，或許因為她從小被性格粗暴的伊都子扶養長大，心靈受過相當程度的鍛鍊，比真汐更加具有逆來順受的能力，更加柔軟且強韌。剛認識的時候，空穗顯得有些內向、怕生且裹足不前，但她的笑容打從一開始就非常可愛。聽說伊都子雖然生氣時會對空穗施暴，心情好的時候卻又對女兒疼愛有加。或許因為這個緣故，空穗非常清楚受到疼愛是一件多麼令人開心的事，甚至有些沉溺於其中。至於那是不是正確的疼愛方式，恐怕還需要進一步觀察。若問空穗的成長環境是否正常，答案可能是否定的。扭曲的成長環境，讓空穗變成了有些古怪的女生。空穗那種極端被動的處事風格，恐怕並非只是單純的性格問題。那或許是一種疾病、一種症候群。偏偏任憑擺布時的空穗不僅可愛，還帶有一種莫名的性感魅力。

空穗帶有性感魅力？自己無意識之間使用的字眼，讓日夏忍不住笑了出來。性感的女人，指的是電視或雜誌上常常可以見到的那種腿長、胸大、身材凹凸有致的女人。空穗的體型完全不符合這些條件，當然稱不上性感。然而日夏馬上又打消了這個推翻想法的念頭。至少空穗確實有種讓人想要觸摸的魅力。換句話說，那是一種能夠引誘他人採取行動的魅力。到底那是什麼樣的魅力，日夏也說不出個所以然來。若說那是一種能夠讓人想要撫摸或擁抱的可愛魅力，就像幼童或小動物一樣，倒也沒有錯。然而空穗雖然帶著稚氣，畢竟是十七歲的少女，偶爾也會流露出如同一般成年女人的性感魅力。

當空穗的精神年齡漸趨成熟，不再願意隨便讓人觸摸她的身體，到時候自己一定會感到很寂寞吧。不過，那倒也不是什麼無可挽回的遺憾。就算她不再願意讓人觸摸，自己也只要泰然接受事實，摸索出另一種疼愛她的方式就行了。抑或，當空穗已不再像現在這樣讓人為她捏一把冷汗，自己就會對空穗失去興趣，兩人從此變成平凡無奇的點頭之交？如今想像著這些事情的自己，未來又會變成什麼樣的大人？在不久後的將來，自己會對什麼樣的人抱持好感？會與什麼樣的人發生什麼樣的性行為？日夏完全無法預測這方面的未來。要挑選出合適的對象，恐怕並不容易。當然性行為本身應該是一定會發生的。在自己的心中，並不存在不發生性行為這個選項。

在日夏思考著這些問題的時候，空穗又在想些什麼呢？我們試著在這方面也做出了想像。

先從現實中真正發生的事情開始說起吧。據說伊都子建議空穗報考鹿兒島的國立大學，因為鹿兒島是伊都子的故鄉。伊都子打算若空穗考上了鹿兒島的大學，自己也要搬回鹿兒島去。畢竟那裡氣候宜人、食物美味，再加上有親戚定居。人生的後半段都在故鄉度過，似乎也不是一件壞事。然而空穗一點也不想住在鹿兒島，因此一時之間不知如何是好。空穗去過鹿兒島幾次，並不討厭那裡的環境，但畢竟還是待在首都圈的生活比較精采熱鬧。在空穗的觀念裡，年輕人本來就應該從故鄉移動到大都市，從大都市移動到首都，再從首都移動到外國都市，不斷擴大自己的人生舞台。然而空穗對大家說出這個想法之後，卻引來大家的質疑。「移動之後呢？妳有什麼具體的計畫？」大家這麼問她。「倒也沒有什麼驚天動地的計畫。」空穗訕訕地說。

事後空穗回想起來，一定發現了一個事實吧。當時在場所有人，沒有人說出「別去鹿兒島，選擇附近的大學吧」之類的話，就連日夏與真汐也不例外。或許大家都抱著別人是別人、自己是自己的心態，但好歹也該稍微裝出寂寞的樣子。我知道大家都已經像個成熟穩重的大人，只有我還像個小孩子。但我相信孩子氣的絕對不只我一個，例如真汐從某個時期開始就不願意老實待在日夏身旁，在我看來那絕對不是成熟大人該有的態度。她們兩人明明那麼互相喜歡，為什麼真汐要假裝沒發現，甚至故意撇頭轉向另外一邊？沒有辦法好好享受互相喜歡的感覺，在我看來實在是很笨、很不懂得好好珍惜的事情。難道她們覺得像那樣為了面子而互別苗頭是一件有趣的事？或許那的確不是孩子氣，而是青春期的反抗心態作祟。

說起孩子氣，伊都子小姐的行為還是一樣幼稚無比。我的房間裡有三座相框，不久前她竟然惡作劇，在報章雜誌上剪下搞笑藝人扮鬼臉和政治家的照片，蓋住相框上原本的照片。我實在無法理解，伊都子小姐拿古怪大叔的照片蓋住她跟我的合照，到底是什麼心態？不僅如此，她還將她自己笑臉盈盈的臉部特寫照片影印之後，遮在日夏、真汐和我的三人合照上，簡直像在誇耀她自己的存在一樣。那副宛如勝利者般的得意嘴臉，讓我越看越氣，所以我撕下那張影印照片，改貼在廁所牆壁上。

伊都子小姐似乎有點嫉妒跟我感情特別好的日夏，但其實她根本沒有必要嫉妒。在我看來，日夏對我的愛並沒有強烈到那個地步。說得更明白一點，我並不認為日夏想要一輩子陪在我的身邊。當然若問為何這麼認為，我也很難解釋。或許原因之一，是真汐比我更加有趣、更加吸引人，且更值得愛。還有一點，雖然日夏的雙手和嘴唇觸摸我的時候，態度非常溫柔真誠，卻有那麼一點心不在焉，或者該說是並未完全投入。當然由於我沒有能夠用來比較的實驗對象，所以只能以電影、小說裡的描寫來當作參考依據。但我總認為如果是真心喜歡一個人，應該會更加如痴如醉才對。

我很喜歡日夏對我做出的那些舉動，也從中獲得很大滿足。我對目前的狀況並沒有任何不滿。但我實在想不透，為什麼她沒有親吻我的嘴唇？我可以理解她可能打定主意不觸摸我的身體前側，但既然她摸遍我的臉、手及背部，照理來說應該也會想要吻我的嘴唇才對。我一直以為這是理所當然的事情，所以我總是偷偷地猜想著「今天她會不會吻我」，但日夏完全沒有流露出想要與我接吻的意圖。我告訴自己，或許她是個不喜歡接吻的人吧。但是世界上真的有人不喜歡接吻嗎？其實我也不知道。

總而言之，日夏與我之間並沒有非在一起不可的理由。她沒有反對我到鹿兒島讀大學，也讓我心裡有點懊惱。因此我認為伊都子小姐根本沒有必要嫉妒，她大可以放寬心繼續以親生母親的身分待在我身邊。雖然我一點也不想到鹿兒島讀大學，就算她逼我報考，我也會故意不寫答案，讓自己落榜，但我跟伊都子小姐的關係，是一輩子也無法切斷的。

我們針對「我們的一家人」的內心感受作出以上這些描寫，是在我們到羽田機場向空穗母女道別之後的事。我們得知空穗母女將在星期五晚上搭飛機前往鹿兒島，於是美織、花奈子、惠文、郁子等幾個固定班底便抱著去送行順便參觀機場的心情，在放學後跟著日夏和真汐去了一趟羽田機場。伊都子看見來了那麼多人，對空穗露出佩服的眼神，說了一句「原來妳在學校這麼受歡迎」，接著她還請我們所有人到咖啡廳喝咖啡。

這段咖啡時光就在非常融洽的氣氛下結束，空穗母女即將走向檢查區，伊都子忽然轉頭與日夏四目相交，流露出有話想說的眼神。日夏會意了，朝著她走近。

不管是美織等人，還是正在和美織等人說話的空穗，都因為距離太遠的關係，並沒有親耳聽見兩人的對話。但據說當時伊都子對日夏說了這麼一句話。

「我可不會把空穗交給妳。」

翹家女孩

木村美織家的庭院裡種著紫玉蘭，一朵朵碩大的白花正向著水藍色的天空綻放。原本我們都以為只要一走進庭院裡，馬上就能聞到花香，但實際上由於美織的父親正在露臺上用小火爐燒烤著螃蟹，那令人食指大動的香氣掩蓋住其他所有氣味。空穗坐在露臺的椅子上，從美織的父親還在木炭生火的時候就猛盯著看，不知道是對小火爐燒烤食物感到新鮮，還是覺得家裡有個父親很稀奇。美織的父親細心向空穗解釋炭火的燒烤技巧和打開螃蟹外殼的訣竅，雖然完全不擅長社交話術的空穗沒辦法說出「哇」或是「原來如此」之類的適當回應，但看得出來她非常欽佩美織父親的高明技術。美織的父親將烤好的螃蟹放在盤子上遞給空穗，向她說道：「不好意思，能不能麻煩妳端進去？」空穗不知為何竟有些開心，喜孜孜地捧著盤子走向面對庭院的客廳。

露臺上除了兩人之外，還有惠文、真汐，以及一派悠哉地喝著日本酒的郁子父親。客廳裡則有日夏、花奈子、郁子、美織、郁子的母親、美織的母親，以及兩個跟母親們年紀相仿的女性朋友。兩個女性朋友跟郁子和美織的母親是一起玩樂團的同伴，其中一人因為丈夫調職將搬家到遠方，因此今天大家為她舉辦了一場歡送會。郁子父親和郁子參加當然合情合理，至於其他同學則是受到美織邀約，趁著春假期間來這裡吃吃喝喝。聽說傍晚之後還會有其他參加者陸續到場，高中生在那之前就必須提早打道回府。

空穗完成了美織父親交代的任務，回到庭院一看，惠文與真汐正忙著剝螃蟹腳的殼，將一條條蟹肉像薪柴一樣堆在紙盤上。「空穗，妳也快來吃吧。」真汐說。空穗低頭看著那一堆蟹肉小山說：「真漂亮，加上鮮奶油一定很美味。」此話一出，頓時引來惠文及真汐的一陣撻伐。「咦？拜託妳別亂來。」「妳又在想那種莫名其妙的自創料理了。」空穗不肯輕易放棄，繼續說：「不是有螃蟹奶油可樂餅嗎？螃蟹跟鮮奶油搞不好很合呢。」真汐立即反駁道：「螃蟹奶油可樂餅使用的是白醬，雖然主要的材料跟鮮奶油一樣是牛奶，卻是完全不同的東西。」空穗沮喪地拿起筷子，將一條蟹肉塞進嘴裡。「好好吃。」「這是什麼螃蟹？」「聽說是松葉蟹。」「哇，我還是第一次吃到。」三人聊得正起勁時，美織的父親忽然大喊：「等等我烤蘋果給妳們吃。」

就在這時，庭院圍欄的木門上忽然探出井上亞紗美的頭。惠文等人朝她招招手，於是亞紗美推開木門走了進來，後頭還跟著一臉靦腆的磯貝典行。「我在路上遇到他，就把他也帶來了。」亞紗美解釋。典行或許是擔心大家不歡迎他，趕緊跟著說了一句：「啊，我只待一會就會離開。」接著典行轉頭望向美織父親和坐在後頭的郁子父親，恭恭敬敬地低頭行了一禮，說道：「打擾了，我是跟木村同學她們同校的磯貝典行。」美織的父親很慷慨地將蟹腳分給亞紗美和典行。惠文等人經常聽亞紗美提到典行這個人，今天卻是第一次近距離接觸，幾個人將寶特瓶裝的烏龍茶和紙杯遞給他之後，便在些許尷尬的氣氛下閒聊了起來。

那個跟蓮東苑子開始交往的古見和生，你跟他同班嗎？他是個什麼樣的人？其他男同學會不會很羨慕？女生們妳一言我一語地詢問典行。雖然同班，但平常很少一起行動。古見屬於老實、用功的一群，跟班上的主流族群沒什麼往來。大家都很羨慕古見能夠跟美少女交往，只是有些人嘴上不說。回答的過程中，典行也逐漸不再緊張。「那個鞠村也很羨慕嗎？」真汐問。「那傢伙一點也不羨慕。妳們應該也知道他是什麼樣的人。」這時典行的口吻已像是在對認識很久的朋友說話。

四個女生不約而同地點頭，典行越說越起勁，話匣子一開就再也停不下來。古見待在我們那個由討厭女生的鞠村掌控局面的班級裡，卻可以向苑子告白，妳們知道是為什麼嗎？因為他是平常聚集在教室角落的小團體成員之一，鞠村對他們的影響力沒那麼大。班上的主流派成員都受到鞠村牽制，根本不敢接近女生。有些人會因為嫉妒古見而說他壞話，骨子裡其實是在發洩對鞠村的不滿。班上氣氛真的很糟，整個班級烏煙瘴氣，如果沒有鞠村的話，高中生活應該能過得更加逍遙愜意吧。典行一口氣發完牢騷，亞紗美問：「你怎麼不發動政變，讓鞠村失勢？」典行聳聳肩回答：「我哪有那麼大的本事？」

「啊，鞠村來了。」

亞紗美看著圍欄的方向開口。典行嚇得轉頭張望，察覺亞紗美是在開玩笑，皺起眉頭抗議：「喂，妳別鬧我。」

美織的父親原本正啜飲著倒在螃蟹殼裡的酒，此時忽然開口：

「那個姓鞠村的孩子，或許就有點像是柏原兵三的《長路》裡頭那個在班上掌握權力的少年吧。你們聽過這部作品嗎？藤子不二雄A曾經畫成漫畫，還翻拍成電影。」

在場的五個高中生都沒讀過那部作品的小說和漫畫，也沒看過電影。美織的父親接著向大家說明，那個少年雖然還是個小學生，卻是既冷酷又聰明，相當懂得如何在精神上折磨他人，在作品裡算是描寫得相當具有魅力的角色。

同樣正以螃蟹殼喝著酒的郁子父親也跟著說：

「一個班上的領袖人物，往往能夠決定整個班級的氛圍及風氣。即使是在同一個時代的同一所學校裡，不同班級的氣氛也可能截然不同。我從前讀高中的時候，有些班級幾乎所有學生都有喜歡的對象，有些班級卻幾乎沒有人談戀愛。有些班級承認同性情侶，有些班級則完全無法接受同性戀的觀念。在我讀國、高中的時期，有時跟其他班級的朋友閒聊，發現每個班級的差異非常大，心裡留下了深刻的印象。你們學校的領袖人物把班上氣氛搞得很糟，只能算你們運氣不太好。」

「沒錯，真的是這樣。」亞紗美說：「我在網球社，有時也會跟男子網球社的學長聊天。只要是不同年級的男生，就可以正常說話，路上遇到也不會被取笑醜女、笨蛋什麼的。」

「我這輩子好像還不曾像那樣對女生抱持敵意。」郁子的父親嘆了口氣。

「我也是。在我過去的人生裡，跟女生說話一直是理所當然的事。」美織的父親也點頭附和。

「你跟誰都能說話，不分男女老少。」美織的母親捧著不斷冒出陣陣蠔油香氣的大盤子走進露臺，「這麼喜歡融入人群，是在關愛中長大的證據。」

美織的母親將那盤盛裝著青菜炒肉的大盤子放在桌上後，便走回屋裡去了。

「從來沒有遇上過討人厭的女生？」真汐問美織的父親。

「幾乎沒有，而且我很喜歡找那種看起來有點可怕，心裡不知道在想些什麼的女生搭話，聽聽她們在想什麼。」

「那伯父應該應付得了真汐。」

真汐沒有理會惠文的取笑，臉色憂鬱地說：

「如果我是個男生，個性應該會好一點吧。」

惠文、空穗與亞紗美各自沉默不語，每個人心中都有著自己的想法。典行沒有察覺女生們的這股沉思氣氛，自顧自地開口：

「尋斗心裡在想什麼，其實我也推測過。」

亞紗美看典行沒有繼續說下去，催促地問：「結果呢？」

「妳們班感情很好，對吧？尤其是圍繞在舞原身邊的妳們這幾個，看起來不僅快樂，還彷彿擁有妳們需要的一切，什麼也不缺。妳們似乎對男生班也不感興趣，對吧？

當然這只是看起來而已，實際狀況我們也不清楚。尋斗不喜歡妳們，或許就是因為看不慣妳們這種什麼也不缺的感覺。」

「但你們男生班不也一樣嗎？以鞠村尋斗為中心，建立起了一個既牢固又緊密的高壓集團。」真汐問。

「是啊，所以鬥爭的原因到底出自哪一邊，我也說不上來。」

「鬥爭？」惠文尖聲大喊：「原來我們正在跟鞠村幫鬥爭？我怎麼不知道有這回事？」

典行自己似乎也覺得有點荒唐，笑著揮了揮手。但他接著又一臉嚴肅地說：

「我跟妳們說這麼多，簡直像間諜一樣。」

「你沒那麼壞啦。」亞紗美安慰他：「頂多只是像牆頭草而已。」

「那就好。」典行揚起了嘴角。此時亞紗美又指著典行的背後，大喊一聲：「啊，鞠村！」典行拿起蟹鉗朝亞紗美輕戳，說道：「妳夠了喔。」

接著大家便吃起了烤蘋果。那滋味甜蜜芬芳，上頭還灑了肉桂粉。吃完之後，亞紗美與典行一同告辭離開，惠文、真汐與空穗則移動到屋內。「來玩UNO吧？」美織提議，於是幾個高中生圍成一圈坐在地毯上。「我不要坐在花奈子旁邊。」郁子忽然開口。「為什麼？」花奈子問。「每次我出抽牌卡，妳就會用霸王肘頂我。」郁子回答。「誰叫妳出抽牌卡的方式那麼欠揍。」「妳管我？我又沒有違反規則。」「但妳總是在別人最慘的時候落井下石。」「當然要這麼出，不然怎麼會好玩？」「妳有想過吃了抽牌卡的人的心情嗎？」「妳有想過吃了霸王肘的人的心情嗎？」兩人爭論不休，最後空穗提議「每玩一次就換位置」，所有人一致同意。

就在幾個人靜靜玩著UNO牌的時候，在沙發區閒聊的母親們的對話傳入大家耳中。不知道名字的女客A開口：「對了，聽說蹺家女孩樂團要出傳記電影了。」其他三人皆發出驚呼。「蹺家女孩？那個女性搖滾樂團始祖？」「唱〈櫻桃炸藥〉的那個？」「是〈櫻桃炸彈〉。」「當年在日本可是紅透半邊天，比在美國當地還紅。」「而且粉絲都是女孩子。團員來日本的時候，可是被那些追星少女們重重包圍。」「聽說她們是第一群穿著內衣唱歌的女性樂手。」「但是當年我在聽人這麼說之前，完全沒發現她們穿的是內衣。因為我從來沒看過設計得那麼優美的緊身胸衣。」三人聊了一陣往事之後，女客A說：「這個消息，我也是昨晚才在網路留言板看到的。而且聽說電影裡還有瓊和雪莉的接吻鏡頭。」這句話一說出口，更是掀起一陣騷動。「咦？」「原來她們是那樣的關係？」幾個高中生在旁邊若無其事地聽著，玩牌的動作卻全都停了下來。

「聽起來很浪漫，但雪莉後來不是因為跟團員不合退團了嗎？」

「沒錯，當年我也在雜誌上讀到這個消息。雪莉聲稱她在日本太受歡迎，遠超越其他團員，所以遭到嫉妒，尤其瓊對她的嫉妒特別明顯。」

「等等，如果她們兩人真的是會接吻的關係，那嫉妒的意義又有些許不同，不是嗎？」

「電影什麼時候在日本上映？」

「還沒有確定，就連美國也是剛要上映而已。」

大人們說得起勁，高中生們也聽得入神，完全把紙牌遊戲拋到了腦後。興奮感消失之後，大人們的口氣逐漸轉變為感慨。

「怎麼到了今天，才聽到這種讓回憶變美好的祕辛呢？」

「當時日本的女生們全都為之瘋狂，卻對這祕辛一無所知。」

美織的母親以充滿感傷的口吻說：

「那個人也很喜歡瓊，卻完全不知道這件事。」

「真的嗎？」郁子的母親問：「總覺得未免太巧了點。」

「嗯，巧到讓人心裡發毛。」美織的母親輕輕一笑，「難道是那個人心中的天線，已經偵測到瓊的人格特質？我心中的天線可是一點反應也沒有。」

「從外表是看不出來的。大家只知道她是一個帥氣的女性搖滾樂手。」

美織、郁子、花奈子和惠文不由得面面相覷。日夏依然維持著一貫的理性表情，真汐看起來是一副有氣無力的樣子，空穗則神情茫然地凝視著大人們的背影。

原本忙著以手機上網搜尋的女客B此時開口：

「雪莉曾經結婚生子，後來離婚了。」

「唉，很常見的狀況。」郁子的母親嘆了口氣。

「很常見的人生。」美織的母親接著說：「雖然我們也沒有立場說她們。」

在場的七個女高中生，全都開始在腦海裡試著根據大人們的這幾句對話，拼湊出關於美織母親的青春故事。美織母親口中意有所指的「那個人」，推測起來應該是個女人。她是蹺家女孩樂團成員瓊的粉絲，卻不知道瓊曾經是個女同性戀。而且從「太巧了」這句話來判斷，那女人自己也曾經是個女同性戀。當然這些推論都沒有決定性的證據，而且除了這個假設之外還有其他好幾種說得通的假設，但如果以自由想像的方式繼續發揮，「那個人」的女同性戀對象很有可能正是美織的母親。在場大部分女高中生的心中，應該都推導出了這樣的情節。

美織的母親或許是察覺屋裡太過安靜，轉頭望向女兒和她的同學們。

「妳們都聽見了？」美織的母親一時有些驚惶失措，但她馬上就恢復落落大方的態度，「別亂聽，繼續玩牌吧。」

「妳們聽了也是不懂的。」郁子的母親跟著說：「蹺家女孩樂團、尼娜・哈根、裂縫樂團、摩鐵樂團，妳們應該都沒聽過吧？」

雖然郁子的母親這句話顯然只是顧左右而言他，但美織決定尊重大人的想法，對惠文等人說了一聲「大家到我房間玩吧」，於是一群高中生紛紛起身。來到走廊上後，郁子抱怨：「什麼摩鐵樂團嘛，故意說這種現在沒什麼人聽過的樂團。」此時真汐忽然說了一句「我差不多該回去了」，日夏及空穗也跟著說出同樣的話。空穗的臉頰泛紅，日夏和真汐的表情也顯得有些尷尬，可見得剛剛大人們的那些對話確實對她們造成某種刺激。當然也有可能是我們編織出的那些劇情，讓我們有了先入為主的觀念。

剩下的美織、郁子、花奈子和惠文一走進位於二樓的美織房間，立刻開始討論起這件事。

「沒想到我身邊有人曾經是同性戀。」美織說：「當然是不是像我們所想的那樣，就不得而知了。」

「對象似乎不是我的母親。」郁子跟著接話。

「但她似乎也不是百分之百的同性戀，畢竟她結了婚，還生下我。」

「美織，妳爸爸知道這件事嗎？」

「我想他應該知道才對，聽說他們年輕的時候是無話不談的。」

「我想先確認一點。美織，妳有沒有受到打擊？」花奈子有點擔憂地說：「小說裡常有孩子得知雙親是同性戀之後大受打擊的情節。」

「怎麼可能受到打擊？」美織笑了起來，「我腦袋裡的性知識可是豐富得很。」

「父親是同性戀，跟母親是同性戀，給人的感覺也差很多呢。」郁子開口。

「美織的母親真是人生經驗豐富。」惠文以羨慕的口吻說。

「她跟那個對象最後沒有在一起，不知是否在心中留下了遺憾？」花奈子不安地說。

「是啊，雖然不知道她們愛得有多深，但如果是真心愛著對方，還是希望她們能在一起。」美織也露出沉痛的表情。

「美織，如果她們最後在一起，就不會有妳了。」郁子說。

「就算沒有我，也沒有關係。」美織說得輕描淡寫，「反正活著實在是件很麻煩的事。」

「但如果沒有美織，我們都會很寂寞吧。」

花奈子說完之後，有些羞赧地低下了頭。美織對花奈子投以充滿感情的眼神，顯得既害羞又開心。但花奈子忽然板起了臉，斬釘截鐵地說：「不過我可沒有把美織當成對象。」美織不肯服輸，也跟著說：「當然，我也不希望被妳當成對象。」

「即使知道了雙親的重要祕密，明天還是得過一模一樣的生活。」

美織剛說完這句話，樓下忽然傳來了電貝斯的聲音，混雜著類似敲打平底鍋或不鏽鋼碗的節奏聲、踩踏地板的震動聲，以及好幾名女性的高歌聲。簡直像是一場七〇年代搖滾樂的即興演奏會。

「看吧，她們還是玩得很開心。」

美織笑著對朋友們說。

第五章　羅曼史的斷絕

「母親對母親」？

升上三年級後的第一學期第一天，鈴木千鶴一來到學校，就帶著摸不著頭緒的表情，跟我們說了一件事。原來她趁春假的時候去了八景島海洋樂園玩，赫然看見蓮東苑子與鞠村尋斗並肩走在一起，看他們的模樣似乎正在欣賞水生動物。我們一聽，全都嚇傻了。「咦？這是怎麼回事？」「不是古見，是鞠村？這是為什麼？」我們忍不住這麼問，千鶴也只能回答：「妳們問我，我要問誰？」接著我們的視線同時轉向希和子。「看來基於我的職責，得由我去問苑子了。」希和子垂頭喪氣地走出了教室。

接下來的開學典禮，希和子跟苑子都沒有出現，不曉得躲到哪裡密談了。是屋頂？是廁所？是理化教室？還是樓梯的陰暗處？不論是哪裡，對希和子來說，能夠和苑子一同蹺掉開學典禮，偷偷躲起來說話，想必將成為高中生活的美好回憶吧。我們這麼想著，熬過了無聊的開學典禮。然而回到教室一瞧，希和子並沒有沉浸在幸福感之中，反而一臉憂鬱地坐著，看起來孤獨又淒涼。我們一圍上去，她旋即以沉重的口吻說：

「苑子決定甩掉古見，跟鞠村交往。」

一問詳情，原來苑子跟鞠村上下學搭的電車路線相同，偶爾會在車廂內遇上。差不多在第三學期快要結束的時候，兩人在電車裡相遇的頻率增加，有一次連續兩天都剛好搭上同一班電車，於是隨口閒聊了幾句。話題中提到位於長者町的爬蟲類咖啡廳，苑子露出很感興趣的表情，於是鞠村邀她「星期日一起去看看」。這次約會之後，苑子發現鞠村的談吐比古見幽默得多，而且細心又溫柔，還會帶她去爬蟲類咖啡廳、寄生蟲博物館這類稀奇古怪的景點。兩人私下見了幾次面之後，鞠村詢問「願不願意交往」，苑子就這麼答應了。

「被甩掉的古見不是很可憐嗎？」

「嗯。」希和子點頭，「我也這麼告訴苑子，她回答『可憐是可憐，但這也是沒有辦法的事，這世界就是這樣，不如意十常八九』，說得好像自己是局外人一樣。」

這聽起來確實很像苑子會說的話，所以我們也沒有什麼特別的感觸。唯獨希和子繼續以一臉苦澀的表情開口：

「我知道她就是心裡少一根筋，但她在說這些冷漠言詞的時候，臉孔依然像天使一樣美麗。」

希和子這兩句痛心疾首的讚美之詞，也是我們早就聽膩的話，於是我們自行討論起我們最感興趣的問題。

「那個鞠村到底在打什麼主意？」

「他該不會也是想要留下回憶吧？」

「還是他想測試自己身為男人的魅力，看能不能搶走其他男人的女人？」

「他現在應該很得意吧。身邊除了一群男生跟班之外，還多了可愛的女孩子。」

「這下子他的氣焰恐怕會更囂張。」

「但是那個古見應該會很恨他吧？在教室裡不會尷尬嗎？」

「畢竟古見只是待在教室角落的少數派，鞠村根本不會在意他的感受吧？」

我們之中沒有人認為鞠村是真心喜歡苑子，也沒有人認為苑子是真心喜歡鞠村。除了嘴裡不停咕噥著「真是的，怎麼偏偏是鞠村」的希和子之外，其他人都打定主意，對這場毫無溫度的羅曼史抱持冷眼旁觀的態度。

另一方面，「我們的一家人」也有了新的進展。「為什麼妳都不來我家住了？」有人聽見空穗這麼向日夏抱怨。「整個春假妳一次都沒來。」空穗接著又說。「因為我被伊都子小姐警告了。」日夏回答。當初伊都子在羽田機場對日夏說的那句話，後來也傳入空穗的耳裡。「何必在意那種話？我有我的自由，不屬於任何人。」空穗繼續表達自己的主張。「這種話要等妳能夠工作養活自己，才有資格說吧？」日夏如此反駁後，無情地拋下一句：「妳可以找其他人去住妳家，不見得要找我。」空穗露出泫然欲泣的表情，「真汐也已經好一陣子都不來了，我還能找誰？」

後來郁子趁日夏不在的時候，告訴了真汐這件事。真汐揚起嘴角，對一臉不滿的空穗說：

「日夏當然不會想再去。她一定也不想被伊都子小姐憎恨吧。」

「那不是憎恨，是吃醋吧。」空穗皺著眉頭，「伊都子小姐的心智退化未免太嚴重了，要是過一陣子她突然穿著制服來學校，該怎麼辦才好？」

花奈子此時忽然轉頭呢喃了一句：

「這就像是親生母親與養父的監護權之爭？」這句話的對象並不是真汐和空穗，而是周圍的惠文等旁觀者。

「不對，應該是母親擔心兒子被外頭的野女人搶走。」

「如果按照我們的基本角色設定，確實是這樣沒錯。」

「不然折衷一下，親生母親與養母的監護權之爭好了。」

「這樣確實最簡單，但也最無趣。」

此時真汐對空穗說的一句話，打斷了旁觀者們的討論。

「為什麼不直接老實說『我比較喜歡日夏』？」

真汐臉上帶著詭異的微笑，如此煽動空穗。空穗完全沒有察覺真汐在興風作浪，只是以既認真又驚恐的口吻回她：「我怎麼說得出口？」真汐捏了捏空穗的臉頰，取笑她「真是優柔寡斷」。其他人聽到真汐這麼說，也趕緊附和：「軟弱王子。」「戀母王子。」「想要轉大人，就要學會抉擇。」「快掙脫伊都子小姐的掌控吧。」大家妳一言我一語地慫恿。「實際上就是做不到嘛。日夏也是這麼說的，不然要我怎麼辦？」空穗哀嚎。

真汐改變了與日夏、空穗的相處模式。不僅跟她們兩人拉開距離，還開始以置身事外的立場觀察起日夏與空穗的互動，宛如成了電影院裡的觀眾。說得更明白點，她幾乎已可算是我們這些故事編織者的一分子。倘若真汐的心情就跟我們當初想像的一樣，她的行動模式也算是可以預期的結果。既然沒有辦法與另外兩人建立相同濃度的深厚感情，不如乾脆退出，並且祈求另外兩人的關係能夠更上一層樓，這在少女漫畫裡也是相當常見的心情變化。但即便真汐已經退到故事主軸外，她在我們心中依然是「我們的一家人」的一員。一來她的心情肯定比我們複雜得多，二來她比我們更接近故事核心，能夠造成的影響也更大，因此今後她依然是相當重要的登場人物。以上是我們所作出的結論。

現實生活中的真汐，似乎依然在家庭裡處於孤立狀態。這年初春，弟弟光紀成功考上第一志願的高中。那是一所大家眼中的明星高中，就連真汐也不得不佩服弟弟的天資。打從去年秋天起，母親就為了祈禱光紀能夠金榜題名而戒茶[14]。如今弟弟果然順利考上理想高中，母親自然是欣喜若狂。一家人甚至為了慶祝弟弟考上高中，到中華料理餐廳吃大餐。那是一家非常漂亮的高級餐廳，用餐前會端出洗指缽讓客人清洗手指，缽裡盛裝的不是清水而是烏龍茶，上頭還懸浮著薄荷葉。真汐向我們描述她在那家店吃了北平烤鴨，不管是舌頭還是胃袋都獲得了滿足。但我們聽在耳裡，不難想像當真汐目睹母親眉開眼笑地看著光紀的模樣，內心多半想著：「明年我考上大學時，不曉得他們會不會帶我上同樣高級的餐廳？」

到了五月的某天，真汐家裡發生了一些爭執。這天父親難得提早回家，一家四口一起吃著晚餐，真汐恭恭敬敬地問父親：「我想參加補習班的暑期輔導，能幫我出錢嗎？」由於真汐平常從來不要求什麼，父親聽了之後顯得有些錯愕，轉頭看著母親說：「我們本來就會讓妳參加，不是嗎？」母親想也不想地回答「當然」，但或許是真汐越過母親直接懇求父親的行為讓她有些不滿，她接著數落真汐一句：「既然妳想參加，為什麼不早點說？」真汐也有些不開心地反駁：「我以為媽媽會主動問我，這種事情通常應該不用說吧？」真汐原本還想補上一句「考國中的時候，你們也沒讓我上補習班」，但最後真汐將這句話吞回肚子裡。

真汐的母親是個舉止高雅的人，就算聽見不中聽的話也不會瞪人，但她會露出「沒想到妳會對我這麼說」的表情，宛如把自己當成突然間遭受惡意攻擊的受害者。真汐不想惹麻煩，先說了一句「對不起，我不該亂說話」，但或許是因為說得絲毫不帶感情，反而引起母親更大不滿。「為什麼故意用這種外人的口氣說話？」母親問。真汐明明知道這時候保持沉默才是最聰明的做法，卻忍不住頂撞一句：「我們一直是這樣，不是嗎？」母親生氣地說：「是嗎？媽媽不知道。」父親試著打起圓場，在旁邊說了一句：「這是什麼對話？妳們在練習相聲嗎？」可惜父親這句話完全沒有帶來效果。

真汐告訴我們，像這種跟母親之間的小衝突，其實過去也發生過幾次。如果事情就這麼結束，很快就會恢復風平浪靜。然而到了當天深夜，真汐洗完澡，正上樓準備回到

14　戒茶：日本的習俗。以發誓某段期間不喝茶的方式，向神佛祈求某事順利實現。

自己房間時，恰巧遇上睡在隔壁房的光紀開門走了出來。就在兩人擦身而過時，光紀忽然低聲說了一句「別故意招惹她」。一時之間，真汐不明白光紀這句話是什麼意思，光紀接著說：「尤其是吃飯的時候，免得她碎碎念。」真汐這才恍然大悟，原來光紀是在批評自己剛剛跟母親發生的爭執。「今天有點太衝動了。」真汐隨口說完這句話後，抓住自己房間的門把，正準備開門入內。此時光紀卻又補上一句「別像小孩子一樣故意反抗母親」，真汐一聽，忍不住停下腳步問：

「你沒想過反抗的一方也有反抗的理由嗎？」

「這是妳們之間的事，我不想管。我想說的是不管妳心裡怎麼想，總該有能力控制妳自己的言行。」

兒子保護母親或許是種美德，真汐卻一點也不感動。真汐看著那朝自己射來的煩躁視線，已完全不想認真與對方溝通。

「不用你操心，我跟媽媽還是心意相通的。」

「別說這種自欺欺人的話了，一點也不好笑。」光紀想也不想地說。

真汐感覺自己的意識正逐漸變得冰冷。

「這是我跟媽媽之間的問題，用不著你來干涉。像你這種受到溺愛的孩子，有些事情是絕對不會懂的。」

「溺愛？」光紀的臉頰剎時脹紅，「我可不記得有人對我做過那種噁心的事。」

「你本來就受到溺愛，還不承認？」

「就算是真的，那也不是我自願的。而且這一點也不重要。我的要求只是別在吃飯的時候故意惹事，就這樣。耽誤了妳的時間，真是抱歉。」

「你言重了，謝謝你最後對我的禮貌。」

真汐酸溜溜地說完之後，開門進入房間內。她先是整個人癱坐在床上，接著上半身往後仰，重重嘆了口氣。如今過了這麼多年，自己對弟弟已沒有什麼不滿。只是驚覺弟弟明明長年受到溺愛，性格卻沒有變得溫和寬厚，反而輕易對人表現出那種冷酷刻薄的嘴臉，令自己的心頭更是涼了半截。當然理由很可能是因為說話的對象是他一點也不喜歡的姊姊。事實上自從發現母親總是偏心之後，自己身為姊姊也從來不曾疼愛過這個弟弟。

但是在光紀很小的時候，他總是一天到晚黏在自己身邊，臉上帶著天真無邪的笑容。在那個時期，自己也曾經擁抱這個弟弟，陪著他玩黏土及拼圖。光紀興奮得蹦蹦跳跳，發出尖銳歡呼聲的模樣，實在是很可愛。一想到那畫面，真汐便感覺心臟隱隱刺痛。曾幾何時，姊弟之間的關係竟然如此扭曲變形，而且出現永遠無法填補的隔閡。一股強烈的感傷，湧上真汐的心頭……以上就是我們針對真汐心情的描寫。雖然有些誇大其詞，但距離事實應該不會相差太遠才對。而且我們也知道真汐並不會花太多時間在感傷上。下一秒，她就會恢復理性，告訴自己不能因為這點小事就內心動搖。她會緊緊咬著嘴唇，使盡力氣翻身下床。雖然這也是想像，但我們相信這樣的想像非常具有說服力。

高中三年級的五月，本來就有許多學生會因為考試的緊張及準備考試的壓力而心情憂鬱。再加上不管是現實家庭，還是與日夏、空穗之間的模擬家庭，都鬧出了一些不愉快的事情，想必更是讓真汐心亂如麻。雖然真汐平時看起來很正常，但她有時候會兩眼無神、茫然地看著遠方，彷彿進入自己的世界。到了五月下旬的校慶當天，當我們在舞台上進行大合唱的時候，真汐忽然不告而別，獨自一人脫隊走出大禮堂。我們雖然覺得她的行為既任性又不負責任，卻能夠理解她的心情；雖然覺得她這麼做很不對，但又明白有時就是會想做這種事。最後我們決定以最寬容的態度來看待她的行為。

獻給誰的歌

私立玉藻學園的校慶稱作「薰風祭」，在每年五月舉辦。但活動內容僅以文化性社團在教室內的成果展示，以及音樂性社團、戲劇性社團在大禮堂舞台上的表演為主軸，校方禁止學生開設攤販、店鋪或舉辦遊戲活動。表演是以班級為單位，各班自行決定是否參加，但禁止他校學生進入，招待的外賓也僅限家人及親戚。簡單來說，就只是一個小規模且限制嚴格的傳統節慶活動。唯獨在最後一天，校方允許學生們打破「以班級或社團為單位」的限制，可以自由申請或報名各種表演活動。由於這是我們在學期間所能參加的最後校慶，班上的一群同學決定參加最後一天的表演，在舞台上合唱一首節奏藍調的歌曲。

大家紛紛提出各種候補歌曲，交由最具發言權的主唱者空穗決定。只要空穗說出一句「最低音的部分我唱不好」或是「太難唱」，那首歌就會當場遭到淘汰。放學後大家還是留在教室裡，各自利用手機的來電鈴聲系統和影片分享網站挑選歌曲。負責彈鋼琴和編曲的郁子是第二具發言權的人物，她只要說一句「這首的和聲太難了，我們一定會唱得亂七八糟」，那首也會遭到淘汰。挑得正起勁的時候，美織突然冒出一句：「如果我們唱蹺家女孩的〈櫻桃炸彈〉，不曉得我爸媽會露出什麼樣的表情？」大家聽了紛紛制止，有人說那太壞心眼了，也有人說那首歌根本不是節奏藍調。就在我們半嬉鬧半認真地挑出幾首似乎較合適的歌曲時，級任導師唐津走進了教室裡。

當時我們正利用影片分享網站聽著琪夏．寇兒和吹牛老爹合唱的〈昨夜〉，在旁邊一起聆聽的唐津忽然開口：「這首不錯呀，就選這首如何？」郁子回答：「空穗也很想唱這首，但吹牛老爹的部分很讓我們煩惱。我們沒有人能夠唱出那種感覺。」唐津一聽，竟然說：「那簡單，我來唱吧。」

「我好歹也是英文老師，高中的時候還參加過合唱團。況且我也想留下一點跟妳們的回憶。」他說到這裡，忽然挺起胸膛，得意洋洋地說：「妳們可別小看我，我可是跟麥可．傑克森、王子、瑪丹娜同年紀，都是一九五八年出生。」

跟美國的歌手同年紀又如何？我們之中大部分的人，都因級任導師這句幼稚的話而面露苦笑，唯獨美織非常認真地回應他：

「跟我爸媽同年，他們也說過相同的話。」

「我的父母也是。」郁子也深深點頭，「大概全世界一九五八年出生的人都會說同一句話吧。」

唐津繼續自豪地說：

「第一代嘻哈歌手Ice-T跟閃耀大師是這一年出生。」

美織與郁子都流露出興奮的眼神。

「老師，你竟然懂嘻哈，真是太厲害了。」

「我父母對新型態音樂的瞭解也不像老師這麼多。」

「好說、好說。」

郁子轉頭問空穗：「要不要跟老師試一次看看？」空穗見郁子、美織及唐津三人越聊越起勁，不由自主地點了點頭。唐津的歌聲是清亮的男高音，唱流行音樂給人一種太過健康的感覺，但歌詞內容描寫的剛好是靦腆男人的心聲，在形象上可說是相當合拍。不僅如此，兩人的歌聲搭配得非常好，最後我們都同意讓唐津加入我們的表演陣容。

「太棒了，我一定要告訴藤卷老師，讓他羨慕一下。」唐津喜孜孜地說。打從二年級開始，唐津就是我們的級任導師，我們對他原本並沒有什麼特別的喜愛或仰慕之情，但聽了他這句話，心頭都感覺暖洋洋的，對這個可愛的老師增添了不少好感。

空穗與唐津唱起這首歌來都感覺得心應手，因此除了背熟歌詞之外，幾乎沒有什麼須要練習的事。唯獨負責編曲及和聲指導的郁子，肩頭的擔子有些沉重。背英文歌詞對大家來說都不是什麼太大的問題，但有些人一直無法精確掌握唱和聲的時機點，於是郁子詢問日夏：「妳來當指揮好嗎？有個指揮會簡單得多。」日夏雖然爽快地答應了，但在那麼短的準備時間裡必須學會指揮技巧，背負的壓力應該也不小。所幸日夏的運動神經非常好，在我們眼裡，她幾乎不花什麼功夫，就將指揮棒揮得有模有樣，看起來既好懂又帥氣。

「日夏有那麼多才能，真是得天獨厚。」

須永素子在休息時間嘆了口氣後說道。她雖然喜歡日夏，但有時或多或少還是會產生一些心情上的不平衡。空穗當然無法聽出她話中的微妙感情，只是隨口回話：

「對呀，要是伊都子小姐看見，又要嫉妒了。」

「伊都子小姐會來嗎？」冬美問。

「會，她還說什麼『這可是妳人生中最閃亮的時刻，我就算找人換班也非去不可』……」空穗一臉無奈地說：「她憑什麼說這是我人生中最閃亮的時刻？說不定我在二十年後會有什麼偉大的成就呢，對吧？」

空穗的這種樂天性格，逗得大家忍俊不禁。「嗯，確實有可能。」「只要持續努力，一定有希望。」大家紛紛這麼回應她。郁子的母親似乎也會來觀賞表演，她自信滿滿地說了一句「這次我一定要讓我媽見識一下不同的音樂」，接著轉頭問：「日夏，妳的家人呢？」

「不會來。我在家裡不會提校慶的事。」

日夏的口氣雖然平淡，卻是毫無轉圜餘地。大家聽了，甚至沒有人敢半開玩笑地說一句「這麼帥氣，不給家人看實在太可惜了」。至於真汐，大家都知道她與家人之間更加不睦，因此連問她家人會不會來都不敢問。真汐似乎察覺到大家心中的念頭，忽然笑了起來，以開朗的語氣開口：「我在家裡也不會說，就算家人知道了，我也不會讓他們來。」

除了日夏與真汐之外，還有好幾個人也表示家人不會來，或是不希望家人來。乍看之下日夏與真汐的情況似乎一點也不稀奇，但若細問大家的理由，有些人是因為雙親工作太忙，有些人則是認為這不是什麼值得讓雙親來的重要活動，整體而言都不是什麼需要大驚小怪的理由。雖然這也代表著這些人跟家人的關係並沒有那麼親近，但還是與堅決將家人排除在外的日夏與真汐頗有一段差距。大家連「我也這麼覺得」這種話也不敢隨便亂說，氣氛不禁有些尷尬，美織趕緊改變了話題：

「對了，我媽建議我們唱〈獻給母親〉，說什麼可以用這首歌對前來參觀的家長表達感謝之意。聽說這首歌在她讀國中的時候非常紅，唱歌的是變聲前的蘇格蘭男孩。她還說，空穗的歌聲應該很適合唱這首歌。」

「美織的母親有個優點，那就是開玩笑的時候一聽就知道是在開玩笑。」日夏說。

「真的是適合我唱的歌嗎？」空穗問。

「我根本沒聽，因為我一點興趣也沒有。」美織回答。「太冷淡了吧。」「妳這個不肖女。」「至少也該聽一聽。」大家紛紛出言調侃。「好吧，不然聽聽看好了？」美織於是取出手機，連上影片分享網站。要找到這首歌一點也不難，大家聽完之後，空穗感嘆了一句「唱得真好」，另一人接著稱讚「旋律也很美」。但接下來大家就開始雞蛋裡挑骨頭了。「雖然我沒有全部聽懂，但總覺得這些歌詞都只是在說好聽話。」一人這麼說之後，其他人紛紛跟著附和。「嗯，真膚淺。」「從頭到尾都在打安全牌，完全沒有自己的想法。」「一般的孩子就算不憎恨父母，多少也會抱持著反抗的心態吧？」

大家說完之後，便把美織母親的這個玩笑拋在腦後。到了表演當天，大家在進入大禮堂前，恰巧遇上美織的雙親。聊了一會，美織母親忽然又提到：「對了，妳們最後還是沒有採用〈獻給母親〉？」那語氣確實一聽就知道是在開玩笑。「只要你們唱那首歌，所有家長一定會痛哭流涕，你們將成為玉藻學園的傳奇。」她接著又這麼說。「傳奇？」空穗被這個字眼吸引了。「還是我們就唱一段副歌？」空穗詢問大家，日夏反問：「妳記得歌詞？」空穗回答：「我可以把歌詞寫在手上，旋律我已經完全記住了。」郁子這下慌了，說道：「等等就要上場了，妳們現在要修改表演內容？」但從空穗的眼神看來，她似乎心意已決。這時美織的父親忽然問一句：「只有獻給母親，沒有獻給父親？」所有人都一派悠哉地呵呵笑了起來，唯獨郁子的臉色相當難看。經過一番討論之後，大家決定先由空穗獨唱一小段〈獻給母親〉，並搭配郁子的簡單伴奏，接著才導入〈昨夜〉。

就在空穗發揮全部實力朗朗唱出〈獻給母親〉的瞬間，原本說了一堆缺點的我們，心中竟然開始對這首歌產生一股類似寂寞、感懷和惆悵的情感。事後，我們針對這一點進行了一番討論。「聽到這首歌時，浮現在心中的不是自己母親的臉孔，而是童話故事裡頭那種母親形象的人物。」「小時候對父母寄予絕對的愛與信賴的心情，彷彿又重回心頭。」「嗯，開始覺得就算只是說好聽話也沒關係。」「觀眾席上的那些家長們所受到的感動，想必也不是因為以父母身分接受了孩子的心意，而是回想起孩提時代敬愛父母的心情吧。」經過各種討論之後，大家的結論是：「音樂的力量真可怕，感覺好像被洗腦了。」

但是當歌曲從〈獻給母親〉轉入〈昨夜〉後，真汐忽然脫離隊伍，從舞台的側邊出口離開了。我們都猜想很有可能是因為〈獻給母親〉這首歌刺激了她感情中最脆弱的部分。除此之外，上場前她看見美織一家人和樂融融的模樣，或許也在她的心中產生一些感觸。要不然，就是她目睹臺下觀眾席那些看起來溫柔慈和的家長，跟自己的父母做了比較，一時心中悲愴、難以自已。由於真汐原本就排在隊伍的角落，就算悄悄離開也不太會引起觀眾席上的家長們注意，而擔任指揮的日夏當然可以看得一清二楚。日夏繼續揮舞著她的指揮棒，看起來似乎並不特別在意，但事後有人指出，當時日夏有一小段時間露出了既困惑又難過的表情。

　　這次的歌唱表演相當成功，來自觀眾的掌聲非常熱烈。就連向來愛與我們作對的男生班同學，也收斂起譏諷的表情，臉上帶著微微苦笑。唱完之後，我們的心情都相當亢奮，開玩笑地說著「我們都變成了傳奇」，湧向大禮堂的出口，完全把真汐中途消失的事情忘得一乾二淨。「伊都子小姐不曉得有沒有發現那是以母親為主題的歌？」空穗忽然問。「至少應該聽得出來『Mother』這個單字吧？」有人這麼回答。「不過我唱這首歌也不是獻給她，她沒聽出來也沒關係。嗯，最好沒聽出來，免得她得意忘形。」空穗接著又這麼說，引來一陣笑聲。所有人之中，唯獨日夏一直對真汐耿耿於懷，一結束就快步往外走。數名學妹從大禮堂奔了出來，對著日夏大喊「學姊好帥」，日夏只是朝她們點頭微微一笑，腳下絲毫沒有停步。空穗發現了，也趕緊想要追上前去，卻遇上唐津神情激動地走過來說：「辛苦了。藥井，妳真的很會唱歌，我是不是拖累妳了？」空穗一時無法脫身，心中焦急得不得了，郁子見狀，故意喊了一句：「老師也唱得很好，希望畢業前還有機會一起表演。」唐津的注意頓時被郁子吸引，空穗這才找到機會朝日夏離去的方向疾奔。

以下的內容一如往常，包含一些我們後來聽見的傳聞，加上一點我們的想像。

真汐早已猜到日夏在表演結束後就會出來尋找自己。當初真汐轉身離開和聲隊伍的瞬間，負責擔任指揮的日夏正朝自己望來。說得更明白點，當初自己突然萌生想要離開這裡一個人靜一靜的念頭，正是因為與日夏四目相交的關係。真汐回想起當時的心境。心靈鍛鍊計畫從來沒有中斷過，我原本以為自己的心已像岩石一般堅硬，但出現裂縫往往不是發生在遇上極度不愉快的事情時，而是發生在出乎意料之外的小小插曲之後。當時日夏一面揮舞著指揮棒，一面看著我，眼神是那麼柔和，雖然沒有任何想要傳達的話語，卻也沒有任何邪念或私心。受到注視的感覺，就好像置身在瀰漫著溫暖氣體的洞穴內，令我忍不住想要掉下眼淚，於是我趕緊走出了大禮堂。

對於自己做出這種任性又不負責任的舉動，此時我的心中還沒有一絲懊悔，因為我滿腦子都想著日夏的事。如果沒有日夏的話，現在的我會是什麼樣的狀態？會不會已經得了憂鬱症，或是罹患厭食症？會不會開始以假裝自殺當作宣洩手段，一天到晚拿刀子割自己的手腕？會不會不管三七二十一離家出走，遭壞蛋欺騙，開始做一些荒唐愚蠢的事情，毀掉自己的人生？如果能夠完全沒有墮落，像電影情節一樣在街頭遇上志同道合又值得信賴的夥伴，兩人從此過著精采又燦爛的人生，不知該有多好。但是那個志同道合的夥伴是什麼樣的人？我想到這裡，腦中還是浮現出日夏的臉。我是否應該別再逞強，老實承認日夏如今已經成為我人生中最重要的人？

沒錯，我根本沒有必要逞強。比起我對日夏的感情，日夏對我的感情必定更加強烈。這點我也沒有必要再視而不見。就算是三歲小孩，看了日夏對我的一舉一動，一定也能察覺這一點。日夏對我的感情，已經超越一般人口中的愛或友情。過去曾經有一陣子，她的這份感情讓我感到不自在與不信任，但如今我已能欣然接納，即便我到現在還是不知該如何稱呼她對我的這份感情。有她陪伴在身邊，是一件多麼令人開心的事。所以今天我希望她能夠追上來。我知道她一定會來找我。到了明天，我的心情可能又會產生變化，但今天的我好想看看她溫柔的表情，感受她所帶來的溫暖。於是我帶著這樣的期待，走向日夏一定能夠找到我的地點。

我心中的目的地，是玉藻學園最引以為傲、那棵樹齡一百二十年的櫸樹後頭，那條平緩的長斜坡底。斜坡的側邊牆面和混凝土圍牆圍出了一小塊空地，圍牆處有一扇通往校外的鐵門，空地上有著如今已廢棄的焚化爐和倉庫。從那裡仰望斜坡上方，會看見櫸樹的柔和樹影沐浴在燦爛陽光下，美麗極了。因此這裡就像是唯有熟悉校園的人才知道的景點，偶爾會有學生在這裡逗留，真汐也是其中之一。真汐原本希望能夠先在這裡獨自欣賞一下美麗的櫸樹，獲得心靈的慰藉，沒想到空地上竟然已坐著兩個人，而且那兩人赫然是蓮東苑子及鞠村尋斗。

他們臀部底下所坐的東西，看起來像是跳箱最上方有軟墊的那一層，多半是擅自從倉庫裡搬出來的。鞠村正轉過上半身，雙臂摟著苑子的肩膀。真汐吃了一驚，慌忙停下腳步，鞠村就在這時將嘴唇貼了上去，在苑子的臉頰及嘴唇上親吻。任何人都看得出來他們正在親熱，奇妙的是兩人臉上都毫無表情，看起來完全不像正陶醉於愛欲之中，甚至可以說完全感受不到快樂的氛圍。那不像是正在做自己忍不住想要做的事，倒像是抱著平常心模仿一般男女朋友會做的舉動，令人不禁懷疑他們可能連體溫和心跳速度都跟平常一模一樣。苑子動也不動，完全沒有對鞠村的行為做出回應，鞠村看起來竟然也絲毫不以為意。明明是一對俊男美女，看在真汐的眼裡卻是無比詭異且匪夷所思。

鞠村抬頭看了真汐一眼，眼神完全不帶友善之意，冷酷的程度與弟弟光紀相比可說是有過之而無不及。緊接著苑子也發現了真汐，臉上剎時出現一抹紅暈。苑子不知所措地微微扭動身體，鞠村摟著苑子的手臂輕輕一收，讓兩人的距離更加緊密。苑子滿臉通紅，尷尬地朝真汐揮了揮手。真汐頓時腦袋一片空白，只能愣愣地站著不動，驀然間感覺身旁有一股溫暖的氣流，轉頭一看，日夏不知何時已來到身邊。日夏也正凝視著苑子及鞠村，露出驚愕的眼神。苑子或許是發現兩個朋友直盯著自己看、卻連手也不揮，整個人也有些傻住了。唯獨鞠村臉上帶著挑釁般的微笑，故意以嘴唇在苑子的耳朵附近摩擦，簡直像是要做給兩人看一樣。此時他的態度已跟剛剛那種完全不在乎他人目光的冷漠態度截然不同，反而顯得精神奕奕。苑子只是微微縮起肩膀，看起來既不開心也不厭惡。

過了半晌，真汐與日夏感覺震驚逐漸平息，心情慢慢恢復冷靜。明明覺得眼前的景象既討厭又噁心，很想趕快離開現場，視線卻無法從前方的詭異情侶身上移開，雙腳也無法移動半分。就在這時，空穗突然從旁邊的斜坡上方跳了下來，在兩人的面前著地。由於空穗的運動神經實在太差的關係，明明是自己主動跳下，動作看起來卻像是被人從斜坡上拋下來一樣。這樣的動作當然無法順利著地，果不其然，空穗整個人摔倒在地上。事實上這也不能全怪空穗動作笨拙，畢竟著地的位置也有一些坡度，從上頭跳下來很容易失敗。但空穗明知道自己的運動神經很差，為什麼不走轉角另一側的樓梯，偏偏要從斜坡上往下跳？真汐與日夏都感到哭笑不得，同時朝空穗奔去。

「妳沒事吧？」

苑子那輕柔的嗓音傳入了「我們的一家人」的耳中。

曝光之物

我們的故事還有後續發展。

空穗似乎輕微扭傷了腳踝，雖然還能走路，但聲稱「一承受體重就會很痛」。日夏與真汐急忙帶她上保健室，她原本以「我家就有個護理師」為由拒絕前往，真汐反駁一句「伊都子小姐今天不是值夜班嗎」，她只好乖乖就範。保健室老師為空穗冰敷後包上繃帶，指示空穗「休息一下」之後，就不知跑到哪裡去了。保健室裡只剩下躺在病床上的空穗，以及坐在椅子上的日夏和真汐。「在舞台上唱歌的時候那麼帥氣，下了舞台卻跌得那麼慘。」日夏取笑。空穗不肯服輸地說：「這個落差也是傳奇的一部分。」真汐靜靜聽著兩人的對話，沒多久忽然開口：

「日夏，妳能送空穗回家嗎？」

「是沒問題……」

日夏以眼神詢問：「妳不來嗎？」

「那就拜託妳了，我有點事得先離開。」

希望待在日夏身邊的時間已經過去了。如今的真汐，已經變回原本那個明明喜歡日夏卻又躲著日夏的真汐。空穗並沒有察覺日夏與真汐之間的古怪氣氛，此時開口：

「我可以一個人回家。」

日夏與真汐聽了，異口同聲地表示「妳如果在獨自回家的途中遭遇事故，我們會遭伊都子小姐責罵」。討論的結果，還是決定由日夏送空穗回家。

好一陣子沒有踏進空穗家的日夏，一進門就聞到了一股別人家裡的獨特氣味。當初三天兩頭就往這裡跑的時期，由於來得太過頻繁，反而完全沒有聞到。空穗在門口邀日夏入內，日夏沒有拒絕，是因為明白伊都子今晚值夜班不會回家。日夏代替受傷的空穗，在熟悉的屋子裡泡了路易波士茶，端給正坐著伸直了傷腳的空穗。今天日夏願意來到家裡，空穗開心得不得了，立刻向日夏央求：「今晚住下來，好不好？反正明天補假。」但日夏早已抱定主意不會住下來，而且離去前還要把杯子洗乾淨，避免讓伊都子發現杯子使用了兩個。但是另一方面，日夏看著空穗兩手捧著茶杯，彷彿相當珍惜地喝著茶的可愛模樣，內心也有種受到療癒的感覺。「那兩個人真是奇怪。」空穗聊起關於苑子和鞠村的事，「他們該不會在那樣的氣氛下，把所有能做的事情都做完了吧？」

「反正這不關我們的事。」

日夏雖然口中說得滿不在乎，腦海裡卻依然清楚地記得他們的模樣，以及那一點也不像親熱的親熱。過去自己曾經跟空穗做過好幾次的嬉戲行為，雖然也不符合一般情況下的親熱定義，但不管看在任何人眼裡，想必都比苑子和鞠村的親熱更加接近親熱的本質吧。日夏想到這裡，當初撫摸空穗的肌膚觸感驀然重回心頭，而且異常真實。當然空穗今天受了傷，日夏完全沒有打算要對她做什麼。於是日夏趕緊將那肌膚觸感拋出腦外，兩人各自吃起回家路上在便利商店買來的便當。空穗將便當放在大腿上，伸直了一隻腳努力吃著便當，看起來宛如一隻小型的野生動物。

「雖然苑子跟鞠村很怪，但日夏跟真汐的怪也不輸給他們。」

空穗呢喃說道。日夏雖然很不想談這個麻煩的話題，但因為聽空穗說得相當坦率，也只好坦率地回應：

「是啊。」

「平常妳很少追趕真汐，今天難得妳會這麼做。」

日夏沉默不語，空穗補了一句「我覺得那很帥氣」，接著又問：

「其實妳每次都想追趕她，只是在忍耐而已？」

「倒也不是每次。」

雖然日夏僅是隨口敷衍，空穗倒也沒有繼續追究，只是輕聲地說一句：

「如果我更有魅力，或許就能讓真汐一直留在我們的身邊了。」

日夏吃了一驚，猛然抬頭望向空穗。只見空穗正以哀戚的表情咬著醬瓜，發出咯咯聲響。日夏感覺胸口一陣刺痛。原來空穗一直在想著這種事情。

「應該不是妳想的那樣。」

明知道毫無說服力，日夏還是只能這麼說。自己的嘴裡也正發出咀嚼醬瓜的細碎聲響，兩人就這麼默默吃著便當。吃完之後，日夏將空的便當盒放進塑膠袋，打算等一下帶走。空穗想要將自己的空便當盒遞給日夏，明明受了傷，卻想要像平常一樣起身，但下一秒她悶哼一聲，又一屁股坐了下來。「妳在做什麼？」日夏笑著起身走向空穗，接過空便當盒。空穗仰望日夏，一臉認真地問：

「今天我是不是打擾妳們了？如果我沒有追上去，讓妳跟真汐獨處，妳們是不是會更幸福？」

日夏剎時感覺胸中一陣難過，將空盒放在榻榻米上，指尖輕觸空穗的臉頰。

「妳根本不必在意這種事。」

不知該說是習慣還是天性，日夏總是不經思索地用手指在空穗的臉頰上逗弄。空穗垂下頭，表現出接納愛撫的態度，日夏這才瞬間驚覺自己怎麼又做起相同的事。到底該不該繼續下去，日夏一時有些拿不定主意。但是剛剛空穗那幾句話，實在太惹人憐愛，日夏不由自主地摟住空穗的肩膀。或許因為曾經摔倒的關係，空穗的身上有著一絲泥土氣味，讓日夏感覺更像在擁抱小動物。日夏的指尖在小動物的臉頰和下巴時而滑動、時而輕敲，空穗忽然將自己的手掌貼在日夏的手背上。

「如果我沒有轉進玉藻學園的高中部，妳跟真汐是不是就能成為全心全意愛著對方的『夫妻』？」

日夏停下手指的動作。

「不管有沒有妳，我們都不知道未來會發生什麼事。任何夫妻或朋友，都不見得感情能永遠不變，也不見得能永遠在一起。」

日夏如此安撫空穗，她一臉感慨地點了點頭。

「嗯，這個我知道。雖然知道，但就是會忍不住這麼想。或許我其實根本沒有學會，依然在做著我自己的美夢。」

為什麼她能夠說出這麼可愛的話？日夏忍不住將臉繼續朝著空穗湊去。日夏的嘴唇，約有三分之一碰觸到空穗的臉頰。空穗也稍微轉向日夏的方向，讓日夏的嘴唇約有一半被空穗的臉頰覆蓋。到了這個地步，日夏自然而然地將嘴唇向前推，在空穗的柔軟臉頰上輕輕吸吮、愛撫，空穗也欣然接納，一臉陶醉地閉上眼睛。一切是如此理所當然，令日夏不禁心想，看來只要在空穗的家裡兩人獨處，就會演變成這樣的結果。雖然自認為並不是在做壞事，但在得知伊都子正嫉妒著自己之後，總覺得似乎應該收斂一點。日夏想著伊都子應該不至於在家裡裝設監視器，持續對空穗做出親熱的舉動。

就在兩人稍作休息的時候，空穗又問：

「妳會跟真汐做這種事嗎？」

日夏聽見空穗這開門見山的問題，不慌不忙地露出微笑說：

「不會，她不是喜歡做這種事的人。」日夏頓了一下，接著以調侃的語氣問：「怎麼？妳希望我用色誘的方式留住她的心？」

「倒也不是那麼回事……」空穗低下頭，「這麼說起來，我們在做的是很色的事情？」

日夏聽她這麼說，才驚覺自己使用了「色」這個字眼。但既然已經說了，也只能老實承認。

「嗯，是啊。從某些角度來看，應該算是有點色的事情吧。」

「既然是這樣……」

空穗說到一半，忽然欲言又止，眼神左右飄移，雙唇微開卻沒有發出半點聲音。就在日夏打算不等她繼續說下去，直接切入別的話題時，她忽然接著說：

「既然是有點色的事情，不是應該會接吻嗎？我指的是嘴唇對嘴唇的那種……」

日夏早已猜到空穗遲早會問出這個問題，因此一點也不緊張。

「妳想接吻嗎？」

「我也不知道，我只是覺得好像一般都會做，不是嗎？」

「就算一般都會做，我們也不見得非做不可。」

「日夏，妳不想？」

「不會不想，但也沒有特別想。」

「我有點想試試看。」

日夏以眼角餘光朝空穗瞥了一眼，發現她的表情非常認真，於是強忍著笑意開口：

「可能沒有妳想的那麼舒服喲。」

「就算是那樣，我也不會有怨言。」

「該不該答應妳呢……」

日夏這麼說，並不是裝清純或吊她胃口，而是真的猶豫不決。雖然應該不用擔心空穗會因為一個吻而陷入正在談戀愛的錯覺，但畢竟是種容易引起誤會的行為，更何況自己對這個行為既無特別的興趣也沒有強烈的欲望，因此一旦做了之後，在心情上反而會有一種說不出的彆扭。日夏往左右張望兩眼，偶然看見榻榻米上的便當空盒。那東西原本就帶有一種寒酸感，在天花板燈光的照耀下，顯得更加寒酸而滑稽。在便利商店的便當空盒旁邊獻上初吻，這樣好嗎？日夏正想這麼詢問空穗，卻感覺一片濕潤又柔軟的東西貼上自己的嘴唇。

原來空穗也能這麼主動。日夏的第一個反應，是對空穗刮目相看。就跟當初和弓道社學姊接吻時的感覺一樣，日夏對這個行為本身既不討厭也不喜歡。雖然有股衝動想要為對方多做點什麼，但日夏也很想知道空穗接下來會採取什麼樣的行動，所以刻意壓下這股衝動。空穗並不急躁，只是若有意似無意地移動著她的雙唇。有時噘起嘴唇，讓嘴唇變硬；有時則讓嘴唇維持柔軟，朝著日夏的嘴唇整片貼來，或是嘴唇夾住日夏的嘴唇。這些技巧，多半都是模仿著日夏往日親吻空穗身體其他部位的動作。空穗在快慢節奏上的拿捏可說是恰到好處，日夏一想到這些都是她從自己身上學到的，不禁感覺自己就像個正因學生大有進步而感到欣慰的老師。就在日夏想著空穗果然不敢將舌頭伸進來的時候，空穗忽然移開了嘴唇問：

「我的技巧是不是很差？」

似乎是因為日夏毫無反應，空穗心裡有些不安。日夏再度在心中竊笑。

「如果現在就學會高明技巧，將來跟情人接吻時，人家可能會嚇一跳。」

「只要我一動也不動，人家哪會察覺。就跟剛剛的日夏一樣。」

空穗明顯流露出不滿，這次日夏將笑容表現在臉上，說道：

「對不起，再試一次看看吧。」

「妳心裡在取笑我吧？」空穗鬧起脾氣，頭轉向一邊，「我不做了。」

「對不起嘛。」

日夏撫摸著空穗太陽穴附近的頭髮，空穗忽然轉回頭，額頭朝日夏的手掌撞了一下，馬上又順著這股氣勢將嘴唇貼了上來。一連串的動作非常流暢自然，完全不像是身為運動白痴的空穗能夠做到的事情。日夏吃了一驚，完全來不及做好心理準備或想壞點子，只能以最自然的方式開始回應空穗雙唇的動作。不一會，日夏已完全恢復成喜歡服侍他人的性格，剛剛完全擱著不動的手掌開始在空穗的頭頸和背部遊移。空穗的雙唇微微張開，日夏不等她誘導，直接以自己的舌頭長驅直入。相較之下，空穗則是迅速失去勉強擠出來的主動性，恢復了原本的順從性格。

雖然在做這些動作時已經幾乎不必思考，但日夏自認為還是投入了感情與誠意。沒多久，日夏故意移開臉，想要確認空穗是否享受著這樣的行為。空穗看見日夏的微笑，也跟著露出歡愉的笑容。

「妳滿意了嗎？」

「還想再親一下。」

以下的內容，是我們根據事後聽到的實際狀況加以修改潤飾而成。

就在日夏回應了空穗的要求，兩人的嘴唇第三度貼合時，身旁傳來了中年女人的怒吼聲。

「妳們在幹什麼！」

分隔和室房間及廚房的拉門忽然被拉開，伊都子圓睜著雙眼，瞪著自己的女兒和日夏。

「妳們到底在做什麼……」

伊都子的聲音微微顫抖。就連日夏在這個當下也嚇得不知所措，只能慢慢將身體從空穗的身上移開。沒想到空穗竟然緊緊抱住了日夏，轉頭朝母親問：

「怎麼了？妳今晚不是值班嗎？」

後來日夏向我們描述這件事時，提到空穗在當時伸手抱住自己，反而是一種強調自己沒做任何虧心事的明智做法。但是對伊都子能夠發揮多大的效果，就不得而知了。

「我今晚的班，調到其他日子去了。」

伊都子竟然乖乖回答空穗的問題，可見得她也嚇得六神無主。但接下來她馬上朝著日夏咄咄逼人地問：

「妳剛剛在做什麼？妳在我家做什麼？妳對我的孩子做了什麼？」

「沒什麼，我們只是在玩而已。」

空穗第一次表現出如同大人一般的態度。她的手臂圍住日夏的身體，宛如在保護著日夏。

「日夏，妳先回去吧。」

日夏正不知該怎麼做才好，伊都子望向空穗腳踝處的繃帶，說道：

「妳都已經受傷了，還做這種事？」

「回去吧。」

空穗朝日夏推了一把。日夏還在猶豫不決，伊都子露出凶惡的眼神，以低沉的嗓音開口：

「嗯，妳快走，立刻離開我家。」

日夏於是站了起來，拿起書包和裝著垃圾的塑膠袋，朝著惡狠狠站在門口處的伊都子鞠了個躬，經過她的身旁。此時背後響起了空穗的聲音：

「日夏，不會有事的，妳別擔心。」

但藉由空氣的對流，日夏可以感覺到伊都子的身體異常灼熱。

無處停泊

空穗雖然說不會有事，但任何人都猜得出來伊都子不會善罷干休。對於長期觀察「我們的一家人」並且從中尋求樂趣的我們來說，這無疑是一個噩耗。那天早上，空穗沒有來學校，取而代之的是伊都子怒氣沖沖地走進教職員辦公室。剛好目擊那一幕的磯貝典行，向井上亞紗美形容當時的伊都子「簡直像女性格鬥家一樣殺氣騰騰」。後來日夏就被叫進了校長室，整個上午都沒有回到教室。到了下午，日夏終於回來了，真汐見她默默拿起書包，朝她走了過去，眼神中帶著疑問。「他們叫我回家等候通知。」日夏說完這句話後，就匆匆走出教室。

到了隔天，空穗和日夏的母親也進了校長室，事態的發展越來越令人擔憂。第三天，某個在老師之間有門路可以打探小道消息的同學探聽到伊都子的告狀內容，開始在班上流傳。我們這才知道，伊都子指控日夏誘惑她的女兒，對她的女兒做出不知羞恥的行為。當然我們都猜想「誘惑」和「不知羞恥」這些字眼恐怕都與真相有著相當大的差距，何況伊都子本來就嫉妒受空穗仰慕的日夏，經過這件事之後，大家都知道她一定對日夏恨之入骨。

在缺少空穗及日夏的教室裡，我們只能抱著忐忑不安的心情等待後續消息。

「他們應該也會找空穗和日夏來問話吧？既然如此，一定會知道她們兩人是情投意合，處罰應該不會太嚴重吧？」

「學生手冊上規定不得進行不當異性交遊，那同性可以嗎？」

「應該跟異性一樣吧？」

「都什麼年代了，要是他們敢嚴厲處罰同性交遊，我一定要發起連署抗議。」

「女生或許會署名，但那些男生那麼討厭我們，要拿到他們的署名恐怕不容易。」

「多少還是有一些講道理的男生吧？」

真汐傳了手機訊息給空穗和日夏，但兩人都沒有回應。她一整天的臉色都相當難看，與其說是在生悶氣，似乎更接近無精打彩和鬱鬱寡歡。我們都不敢詢問真汐心中的想法，正如同我們都不敢厚著臉皮到空穗家或日夏家一探究竟。

到了第四天，前面提到的那個消息靈通的同學，又帶來最新進展。伊都子強烈要求校方必須嚴厲懲處日夏，但日夏向來品行良好且成績優異，再加上伊都子目擊的兩人行為其實沒什麼大不了，因此校方實在不希望對她處罰得太重。況且過去從來不曾有過學生因同性交遊而惹出事情的前例，就算要處罰，也不知道該以什麼作為標準。我們聽到這些消息後，不禁又開始交頭接耳。

「一般大人所認定的『沒什麼大不了』的行為，會是什麼樣的行為？」

「以接吻來說，如果要處罰的話，全校大概有很多男女學生必須接受處罰。」

「對我們來說，就算綁起來鞭打也沒什麼大不了。」

「嗯，不過在腦袋裡幻想跟實際操作是兩回事。」

到了隔週，校方才決定懲處方式。隔天那個順風耳同學就把消息帶回班上。日夏受到的處分是無限期停學。在一般情況下，學生如果受到這樣的處分，通常意味著校方希望這個學生主動申請退學。但學校如果以同性交遊為由，對學生做出太嚴厲的懲處，可能會引來平權主義者的撻伐，何況校方也不希望逼日夏退學，因此實際上這只是一招緩兵之計而已。如今伊都子正氣得橫眉瞪眼，直喊著「絕對不讓女兒跟變態上同一所學校」，校方總得做個樣子給她看。等到過陣子她氣消了，校方見時機成熟，就會解除日夏的停學處分。我們當然都無法接受校方的決定，但心裡也明白世態炎涼的道理，就算再怎麼掙扎也沒有用。

日夏的停學處分已確定，空穗同樣一直沒有來學校。我們心中都猜想，就算伊都子答應讓她上學，她自己大概也不想來吧。星期五上課前，真汐又傳了訊息給日夏和空穗。到了第二堂下課時，真汐的手機忽然發出震動，她從口袋掏出手機，朝螢幕一瞥，輕呼一聲「是日夏傳來的」。雖然聲音相當小，但我們過去從來不曾聽她發出過這麼帶有感情的聲音。真汐看完訊息後，對我們說：「日夏說她沒事，要我們多關心空穗。」真汐闔上手機，接著又呢喃一句：「她這個人真的很不喜歡別人為她的事情擔心呢。」我們說：「日夏向來喜歡為妳擔心，不習慣被妳擔心。」真汐苦笑著承認：「是啊，我猜也是這樣。」

這天放學後，真汐跟我們幾個同伴在學校附近車站的陰暗處發現了穿著便服的空穗。大家擔心如果一群人同時向她大喊或朝著她奔去，她可能會轉身逃走，所以決定由真汐站在最前面，伸出手緩緩靠近她。真汐握住空穗的手，空穗忽然淚如泉湧，一顆顆淚滴自臉頰滑落。她告訴我們，伊都子本來禁止她外出，還沒收她的手機。後來雖然伊都子允許她上學，但她得知日夏因為自己和母親的關係而慘遭停學，自認為沒有臉到學校見大家。因此這幾天她總是穿著制服出門，卻在途中換上便服到處遊蕩，不知道該去哪裡才好。最後她哭著告訴真汐，好想離家出走，真汐緊緊抱住了她。

我們不停地安慰空穗，向她強調沒有人生她的氣，後來我們為了給空穗與「家人」私下相處的時間，除了真汐以外的所有人都先離開了。據說真汐帶空穗去了山下公園，把日夏也叫了出來，「一家人」坐在長椅上閒聊好一會，後來又去中華街吃了肉包子，才各自回家。

三人在山下公園聊了些什麼話，我們無從得知。但我們發揮想像力，推測出以下這樣的情節。真汐與空穗正坐在長椅上，日夏忽然來到她們的面前，眼角帶著一絲笑意。「幸好妳還能外出。」真汐說。「我又沒有被關起來。」日夏笑著回話。空穗低下頭開始啜泣，由於長椅已經無處可坐，日夏只好坐在空穗的膝蓋上，摟住空穗的頭，嘴裡不斷重複說著「沒事了」。等到空穗抬起頭，拭去了淚水，日夏立即起身說道：「這個動作要是被看見，又要挨罵了。」空穗勉強回答：「伊都子小姐不准我跟日夏見面，但我才不理她呢。又不是像小時候那樣，被她的腰帶綁住了。只要想見妳，我就會去見妳。」

真汐與空穗將身體挪向長椅兩側邊緣，讓日夏在中間坐下。日夏向兩人描述了自己家裡的情況。母親自從在校長室聽了事件的梗概之後，並沒有進一步向日夏追問詳情，從頭到尾絕口不提這件事。父親剛開始一直處在沉思的狀態，直到這個星期的某天，才對日夏說了一句宛如連續劇對白般的帥氣結論：「只要妳自認為沒有做出違背良心的事，我們都會站在妳這一邊。」家人都沒有把這件事告訴住在關西的哥哥，再加上哥哥原本就對家人漠不關心，他可能一輩子都不會知道曾經發生過這種事。最麻煩的還是姊姊，她從母親口中問出大致的來龍去脈後，果然對日夏大加斥責。「沒想到妳竟然會做出這種誤入歧途的事。」「這下子我們一家人都會被當成怪胎，妳要怎麼負責？」「妳給媽媽添了這麼大的麻煩，要怎麼補償她？」聽到這些批評時，日夏大致上都沒有回嘴，畢竟自己給家人添了麻煩是事實。唯獨對於「誤入歧途」這一句，日夏忍不住反駁：「我並沒有誤入歧途。」沒想到姊姊竟然咬文嚼字地丟下一句：「在惡鬼眼裡，歧途才是正道吧。」

至於空穗，則表示自己不想再忍受伊都子的蠻橫。如今雖然兩人在家裡還是會分擔家事，但一句話也不說。如果伊都子因為對病患施暴被關進監獄，自己會趁機跟她恩斷義絕，絕對不去探望她，也不會當她的保證人。假如可以的話，多麼希望立刻搬到外頭住，自己工作養活自己，就算沒上大學也沒關係。日夏聽到這裡，冷靜地說了一句：「為了妳自己著想，最好還是讓她出錢供妳上大學吧。」真汐則建議：「如果妳真的想要立刻離開伊都子小姐的身邊，可以選擇就讀學費和生活費較便宜的外縣市國公立大學，靠打工及獎學金過日子。」空穗此時問：「日夏、真汐，妳們有什麼打算？」日夏簡單回了一句「還在想」，真汐也跟著補上一句「還在想」。空穗心中認定這句話的意思是「走妳自己的路，別跟著我們」。

「我姊、伊都子小姐和部分老師都一口咬定我是女同性戀，但這跟我自己的實際感覺不太一樣。」日夏說出心中的矛盾，「或許未來有一天，我會變成女同性戀，但那也是累積了許多經驗後的事。我不希望現在就為我自己貼上標籤。在那些人的世界裡，世界上好像只有女同性戀及非女同性戀這兩種人。他們深深相信這兩種人可以分得清清楚楚，完全沒有模糊地帶。」

「真是太單純了。」真汐說：「妳向他們好好解釋了嗎？」

「沒有。」日夏搖頭，「我總覺得如果急忙澄清自己不見得是女同性戀，似乎對自認為是女同性戀的人相當失禮。所以我決定不做解釋，不管被誰貼上什麼樣的標籤，我就是我，不管別人怎麼想，我都不在乎。」

真汐回想起自己的母親在不久前，曾經問了自己一句「日夏怎麼會做出那種事」。當時母親的臉上帶著三分困惑，以及三分害怕真汐會受到刺激的恐懼。從母親的口吻聽來，她似乎已經知道日夏遭到無限期停學處分，而且連原因也一清二楚，這讓真汐不禁感慨謠言的傳播速度實在太可怕了。「多半是出了點意外狀況吧。」真汐回答得相當模糊。「妳該不會也被捲進了這件事之中吧？」母親不安地問。真汐雖然心裡覺得很煩，還是勉強維持冷靜地回答一句「沒有」。真汐忍不住心想，或許因為自己跟母親的關係有點疏遠，所以才只交談這麼寥寥幾句話。在其他某些同學的家庭裡，家人可能會大放厥詞，說出各種充滿臆測與偏見的尖酸字眼。一想到這點，真汐便感覺心情鬱悶不已。

真汐跟藤卷在走廊上巧遇的時候，藤卷曾經告訴她一句：「我想應該不用我提醒，如果妳喜歡一個人，就要好好待在那個人的身邊。」校方對日夏的處分剛傳開後的第一次上課，級任導師唐津感受到宛如濃煙般瀰漫在整間教室內的不滿與不信任感，也在課堂結束的前一刻忍不住說了一句：「其實我跟妳們一樣生氣。」任何正確理解事態的人，以及熟悉日夏和空穗平日性格的人，都不會說出任何批評日夏的話。即便如此，還是有很多人只能窩在自己的幸福圈子裡，一旦踏出圈子，就無法與任何人互相理解、溝通。像這樣的人，往往會在聽到謠言時，對日夏這個人產生反感，甚至是在背後指指點點。因此至少在短時間之內，日夏前方的道路可說是相當坎坷。但是只要能夠進入一個住著形形色色人種的廣大環境之中，人生就會變得海闊天空。真汐試著以這樣的想法來說服自己，將陰鬱的情緒拋出腦外。

「為什麼大家都認為是日夏誘惑了我？」空穗歪著腦袋說：「當時明明是我先誘惑日夏的。」

「大概是因為外表吧。」真汐說。

「應該吧。」

日夏也點了點頭，三人同時會心一笑。帶著潮水味的微風，輕撫著三人的鼻尖。從小到大曾經來過這裡無數次的真汐，望著眼前早已看膩的港灣景色開口：

「在我的心裡，港口並不是一個啟程前往遠方旅行的地方，而是一個終究必須回來的地方。」

「妳想要來一趟永遠不必再回來的旅行？」日夏問。

「我想來一趟不必事先決定要回到哪裡的旅行。」

「等到大學畢業，開始自己賺錢之後，不管想去哪裡或是想做什麼，都可以隨自己的意思。」

「大概還得再等五年。」

「等我二十歲之後，我想到各種不同的地方瞧一瞧。」空穗忽然開口：「ＳＭ酒吧、女同志酒吧、豔遇酒吧[15]什麼的，全都走一遭，除了探尋世界之外也探尋自己。」

「那可要花不少錢。」真汐說：「我寧願選擇不花錢的方式，在日常生活中探尋。」

「想要什麼樣的對象？」日夏問。

「我也不知道。」真汐笑著轉移話題，「真想看看空穗未來會變成什麼樣子。」

「妳願意來看我嗎？日夏，妳呢？」空穗興奮地問。

「當然。」「一定會的。」真汐與日夏同時回答。原本哭哭啼啼的空穗，一眨眼便破涕為笑。真汐與日夏看在眼裡，不禁覺得這樣的空穗實在是可愛極了。自認識空穗到現在，這樣的感覺已不知出現過幾百次。當然若說遇上空穗之後發生的所有事情全都不後悔，那倒也不見得。一想起來就深深懊悔或反省的往事，其實也不在少數。但是憐愛的回憶、快樂的回憶、舒暢的回憶，以及深刻感覺到幸好有彼此的回憶，將長存心中，永

15　豔遇酒吧：指男女酒客大多是為了發生性關係而聚集的酒吧。

遠不會有忘懷的一天。真汐與日夏都在心中如此想著，只是沒有說出口。

在幻想著這些情節的同時，我們也有了覺悟。現實生活中的「我們的一家人」終將離散，我們已有了差不多該為故事設想結局的心理準備。當然我們各有自己的人生，有著生涯規劃、有著考試壓力。在我們的心中，最重要的人當然還是自己。但若從日夏和真汐剛建立感情的那個時期算起，這個故事已編織了將近四年的時間，我們的心裡有著無論如何都想要見證到最後一刻的決心。或許結局會有些苦澀，但畢竟這是我們為了自己所編織出的故事，我們一定能在其中找到屬於我們的甘甜滋味，這樣的期待在我們心中也從來不曾有所動搖。

最親愛的孩子

「雖然不知道能不能幫得上忙，但如果不嫌棄，願不願意跟我們見一面？」美織的雙親透過女兒如此轉告日夏。我們在得知此事之後，都對美織的雙親讚不絕口。雖然美織的母親很欣賞日夏，但畢竟她們見面的次數不多，也不曾長時間深入交談。在日夏鬧出那種醜聞之後，美織的父母還願意關心日夏，這樣的舉動贏得了我們的尊敬及感謝。我們都認為美織的父母真的是思想柔軟且擁有包容力的人，但美織似乎並不以為然，只是冷冷地說了一句：「沒那麼了不起吧？他們的心態大概就跟想要幫偶像加油打氣差不多。」即便如此，我們還是很羨慕美織，心中感慨自己的父母如果也能像美織的父母一樣親切且具有行動力，不知該有多好。

美織打開大門，看見日夏神情自若地站在門口，表情比原本的預期要爽朗得多，內心除了鬆一口氣之外，卻也有三分寂寞。那種感覺就像是親眼目睹了日夏完全不需要他人的幫助，就算只有自己一個人也能活得很好的證據。但美織轉念又想，既然日夏接受了自己父母的邀約，可見得她多少還是需要他人的幫助吧。「最近好嗎？」美織以開朗的口氣詢問，將好一陣子沒見的朋友帶進客廳。由於雙親還在廚房準備飲料，美織先向日夏說了一些最近學校發生的大事。

「妳聽說了嗎？鞠村被孤立了。」

「真的嗎？」日夏似乎相當驚訝。

「有一次，惠文看見鞠村一個人待在圖書館裡，臉上戴著口罩，眼眶好像含著淚水，那些跟班都不在身邊。剛開始的時候，惠文只以為他可能是感冒了，但後來又目擊到好幾次他一個人獨處的景象。我們向苑子打聽消息，苑子說他們已經分手了，所以我們又以為鞠村可能是因為被甩而情緒低落。後來聽了磯貝的描述，才知道當初被橫刀奪愛的古見，竟然對鞠村揮拳動粗。根據古見的說法，他們還在交往的時候，古見怕讓苑子為難，所以不敢對鞠村動手。後來苑子跟鞠村分手，古見也就不再客氣了。磯貝原本擔心鞠村的跟班會對古見發動報復，沒想到結果相當出人意料之外，那些跟班竟然全都離開鞠村的身邊。」

「這麼說來，這些人可能原本就對鞠村心懷不滿，才會決定跟鞠村畫清界線？」

「多半就是這麼回事吧。鞠村有一陣子看起來相當落魄，直到最近才重新打起精神，一個人走在路上也是抬頭挺胸。」

「原來校園裡也會發生政權垮臺的現象。苑子對這件事有什麼看法？」

「針對分手的理由，苑子的說法是『鞠村常常不經我的同意，就在我身上摸個不停，我覺得很不舒服，就跟他分手了』。至於鞠村遭到孤立的部分，苑子的說法則是『這世界本來就是風水輪流轉，沒有辦法永遠得意下去』，那態度彷彿整件事情都跟她無關一樣。」

「原來苑子才是真正的狠角色。」日夏笑著說：「就連有能力吸引一群跟班的鞠村，也無法對她為所欲為。」

「缺乏感情反而成了最大的優勢。」美織也笑著說。

就在這時，美織的父母走進了客廳。父親手上端著托盤，托盤內擺著紅茶和蛋糕，母親手上則提著紅茶茶壺。「我是不是暫時離開比較好？」美織問日夏，日夏回答「不用」，美織於是又坐了下來。

對於日夏惹出的事情，美織的父母完全沒有進一步詢問詳情。他們絕口不提那件事，只是建議日夏回玉藻學園辦理休學，然後報考高中同等學歷資格考試，取得大學入學資格後，到外國就讀大學。

「聽說妳在學校學過英文和法文？我剛好在倫敦、巴黎、比利時的布魯塞爾、紐約等地都有很要好的朋友。如果妳願意的話，就在這四個都市中挑一處留學，如何？就算遇上什麼問題，我的朋友們也一定願意幫助妳。當然以妳現在的語言能力，或許還沒辦法直接進大學，必須先在語言學校待個一年左右。但妳不必心急，慢慢來就行了。」

日夏聽到這突如其來的建議，有些不知所措。

「外國的環境很好嗎？」

「住得習不習慣或快不快樂，都得看個人，何況這還跟運氣有關。但不管怎麼說，增廣見聞對自己總是很好的刺激。」

日夏正猶豫不決的時候，美織的母親接著又說：

「從前我在讀大學的時候，閱讀了一些關於當時美國性觀念的紀錄文學，深深感覺美國的性觀念比日本更加多元，我那時候還很懊惱自己為什麼不是出生在美國。雖然如今日本的性觀念也漸漸開始走向多元化，但社會能不能真正接受又是另外一回事。」

「但妳最後還是沒有去美國。」美織的父親說。

「嗯，或許是沒有緣分吧。如果我在年輕的時候，就搬到性觀念較先進的國家，不曉得現在會過著什麼樣的人生。」

「幸好妳沒有離開日本，才讓日本的性觀念更加多元化了。」

「我的人生過得這麼平凡，哪會對日本造成什麼影響？」

「就算再怎麼平凡，也會對身邊的人造成影響。」

美織趕緊制止父母再說下去。

「你們別在外人面前說這些好嗎？我覺得既噁心又丟臉。」

後來美織跟我們談起這件事，曾經說過如果這兩個人不是自己的家人，自己一定會對他們做過哪些性行為感到相當好奇。可惜他們是自己的父母，那種感覺又截然不同。

但總而言之，他們的對話似乎對日夏造成了相當程度的影響。

「聽了你們的對話之後，我才明白自己也對未來的日本性觀念肩負著一份責任。」

「這種事情，等妳從外國回來再想就行了。」美織的父親說。

「我父母不曉得會不會同意……但我姊姊如果知道我要去外國，應該會很開心吧。」

「與其留在這裡跟沒有抗爭價值的對象繼續抗爭下去，不如暫時離開一段日子。」美織的母親也說。

日夏聽了似乎有些心動，但當下還是沒有做出決定。我們都猜測她可能還是想待在距離空穗及真汐不遠不近的地方，才能隨時看著她們。

「如果不想在那邊讀大學，也可以讀完一年語言學校，學會日常會話就回國。」

此時美織忽然說：

「你們怎麼只問日夏，卻沒問我？我也可以出國留學嗎？放心，我可以選擇其他國家，不會給日夏添麻煩。」

「妳至少要在日本再讀幾年書，才能出國。」母親以絲毫沒有轉圜餘地的口氣說完這句話後，又以詼諧的口吻說：「而且只能選擇羅馬，那是我最喜歡的城市。其他地方都不允許。」

「媽媽完全是以自己為考量吧？是不是想以這個當藉口，趁機到羅馬旅行？」

日夏這天的拜訪就這麼在閒聊中結束，到最後她還是沒有做出明確的決定。離去之際，美織送日夏到門口，日夏笑著朝美織伸出手，柔軟但強而有力的手掌握住美織的手，以充滿感慨的聲音說了一聲「謝謝」。兩人的距離明明近到雙手可以交握、日夏的臉上明明帶著親切的笑容，美織卻感覺日夏離自己好遙遠。一時之間，美織感覺自己完全喪失了判斷距離的能力，整個人彷彿要被日夏吸過去一般，差一點倒在日夏的身上。事後美織回想起當時的情況，曾對我們這麼說：「明知道不可能，但如果當時日夏問我『要不要一起去』，別說是倫敦或巴黎，就算是魔界，我可能也會答應。當然我知道這只是痴心妄想。」

後來的事情，就沒有什麼值得描寫的橋段了。

以結果而言，日夏接納了美織父母的提議，決定一考上高中同等學歷考試之後，就啟程前往英國。美織告訴我們這個消息，我們聽了都非常興奮，甚至開始討論要趁大學放暑假或是畢業旅行的時候，到英國去找日夏。唯獨打算在外縣市大學自力更生的空穗顯得有些不安，嘴裡呢喃著：「我也可以去嗎？不曉得能不能存到那麼多錢……」直到現在，空穗與伊都子還是常常會因為日夏的事情、考哪一所大學的事情發生爭執，甚至是打起冷戰，好幾天都不說話。「我每天都在生悶氣，根本沒有辦法好好讀書。搞不好我什麼大學都考不上。」空穗曾經這麼向我們發牢騷。「妳一定要好好讀書。看看人家日夏，她也正在認真準備高中同等學歷考試，以及學習英語會話呢。」我們都這樣鼓勵她。至於真汐，則是一直維持著沉默寡言的狀態，當我們提議要去英國找日夏玩的時候，她也是一副不置可否的態度，只是呢喃說著：「英國可真遠。」

到了十二月，差不多就在日夏收到高中同等學歷考試合格通知書的時候，空穗與伊都子也達成和解，伊都子答應讓空穗自己挑選想要就讀的大學。即使是態度強硬的伊都子，長期遭受心愛的女兒憎恨、反抗及抱怨，最後也只能選擇妥協。據說那是在某天吃完晚餐時，空穗正要離開餐桌，伊都子忽然叫住她：「妳不必到鹿兒島讀大學了。學費我也會幫妳出，妳不必賺錢養活自己。我唯一的心願，只是希望妳能挑選首都圈內的公立大學，每天從家裡通車上下學。」那天可說是空穗這陣子以來最快樂的一天。

「抗爭了這麼久，終於沒有白忙一場。對於當初害日夏無限期停學的事情，伊都子小姐雖然從來不曾道歉，但我相信她應該很後悔。當然我還沒有原諒她，而且可能要等到十年後才會真正原諒她，但我們畢竟是母女，總不能一直吵下去。何況如果不住在大都市，要探尋世界也不是那麼容易。」

對於伊都子這個人，日夏則說了這麼一句話：

「最親愛的孩子被搶走，我能體會她的心情。而且以結果而言，我能出國留學也是拜她所賜，所以我很感謝她。」

過年的時候，我們在美織家為日夏舉辦了一場送別會，日夏這句話就是在送別會上說的。空穗聽了之後搖頭說道：

「我一點也沒有辦法感謝她。如果不是她，我還可以繼續待在日夏和真汐的身邊。」

「包含我？」原本面露微笑的真汐顯得有些錯愕。她接著改變了話題：「對了，上個月我一個人去了櫸樹下，剛好遇到鞠村獨自待在那裡。剛開始的時候，氣氛非常緊張，但他突然微微露出笑容，對我說了一句『唯獨妳，我一點也不羨慕』。我正想不透他為何這麼說，他忽然又補一句『妳的性格讓人完全羨慕不了』。真是太失禮了，對吧？」

「說得真有道理。」「真汐的性格確實很容易吃虧。」「如果只當朋友還不算太差，只是有點麻煩。」我們紛紛對鞠村的論點表達認同。日夏此時開口：

「或許他其實很欣賞真汐呢。前陣子我到學校辦休學，碰巧跟他擦身而過，他只是瞪了我一眼。」

「就算被他欣賞，也不是什麼值得開心的事。」真汐咕噥：「不過我承認我的性格確實沒有人會羨慕。」

我們心中都忍不住期待日夏在這個時候會說出「但我還是愛著妳」之類的話。當然我們都很清楚，日夏不是會在他人面前說出那種甜言蜜語的人。何況站在我們的美學角度來看，我們也不希望在這個故事加入如此輕浮的橋段。只是若單純忠於內心的欲望，我們還是希望能在「夫妻」離散之前，親耳聽見日夏對真汐（或是互相對對方）表達愛意。

最後我們放棄了欲望，對日夏問了很適合在送別會上提問的問題。

「在倫敦除了讀書之外，還希望做些什麼事？」

「到愛爾蘭式酒吧，喝喝看愛爾蘭咖啡。」

「十八歲就能上酒吧？」

「在英國好像可以。」

「那妳會到舞廳跳舞嗎？」

「確實可以嘗試一下。」

「日夏本來就會跳舞，對吧？」

「可惜我的舞步都是自創的。」

真汐這時說：

「希望妳能維持下去，不要去學那種現成的舞步。」

日夏再次對真汐露出了唯獨對真汐才會露出的溫柔眼神。

「就算想學，可能也記不住。我沒有那麼厲害。」

一月底，日夏啟程的日子終於來到。我們都前往橫濱市區機場巴士轉運站為她送行。日夏的母親看見我們特地來為日夏送行，感動得眼眶含淚。空穗走到日夏父母面前時，也哭了起來。「這沒有什麼好哭的。」日夏的父親雖然對空穗這麼說，自己的眼眶卻也紅了。真汐與空穗打算陪日夏一起到成田機場，因此跟著日夏和雙親上了接駁巴士。這帶給我們一種奇妙的感覺，彷彿「我們的一家人」與現實生活中的日夏一家人重疊在一起了。但是到機場之後，日夏就必須向兩邊的家人道別，獨自走進通關閘門。那個畫面浮現在我們的腦海，接著慢慢變得模糊，最後完全消失。

回程的路上，我們走進一家咖啡廳。當我們坐在椅子上時，都像失了魂一樣。「日夏要多久才會回來？」「最短一年，最長應該五年吧？」「但如果生活得很習慣，搞不好會在那邊長住下來。」「確實有可能。」「對了，她搞不好會在那邊談戀愛，在那邊第一次做愛。」「畢竟是外國，她一定能擁有很多我們體驗不到的性經驗吧。」就在我們這麼隨口閒聊的時候，希和子忽然大喊：

「我想起日夏那個自創舞步的名稱了！」

「不是『踐踏尊嚴的舞步』嗎？」

「才不是呢。」希和子完全陶醉在想起舞步名稱的歡愉之中，「是『踐踏荊棘之路的舞步』。」

我們一聽，全都忍不住微微嘆息。「原來如此。」「真的很適合她。」「聽起來很美，實際做起來可能很累。」「她想跳著這個舞步到哪裡去？」「總之目前是跳到英國去了。」我們交談著，回想日夏、真汐與空穗聚在一起的畫面。這輩子我們可能再也看不到那個畫面了。

留在日本的我們，只能依照正常程序報考大學。在二月到三月之間，大學陸續放榜。三月初的時候，學校舉行了畢業典禮，但在這個故事裡，這場畢業典禮一點也不重要。三月十一日發生的大地震，以及我們心中的忐忑不安，都沒有必要在這裡提及。為了讓這個關於我們和「我們的一家人」的故事順利落幕，我們決定再一次借用真汐的視點。

三月上旬的某一天，真汐打開房間窗戶，剎時感覺一陣冷風拂上臉頰，趕緊又將窗戶關上。今年的冬天遲遲沒有離開，到了這個時候依然寒風刺骨。因為這個緣故，即便已經考上理想中的大學，心情卻依然開朗不起來。話雖如此，內心多少還是有一些終於不必再苦讀應考的解脫感。前幾天真汐去了一趟橫濱市內最大的圖書館，在那裡遇見惠文、美織、花奈子和郁子，大家都沉醉於能夠讀自己想讀的書的幸福感之中，在圖書館內流連忘返。「這麼簡單就遇上，一點也感覺不出來已經畢業了。」「大部分的同學都是選擇能夠從家裡通學的首都圈內大學，以後只要想見面，隨時都見得到。」「但如果不想見面，可能就永遠無法見到了。」大家如此閒聊著。如今已不會有人在閒談中提及遠赴他鄉的日夏，但真汐每當獨處時，還是會想起那個人。

同時真汐也想起了另一個人，那就是最近正在等待著第一志願的公立大學入學考放榜的空穗。當初到成田機場為日夏送行時，空穗對日夏說了好幾次「我會努力打工存錢買電腦，到時候我們用Skype來聊天吧」。但真汐只是對日夏說了一句「保重身體」，絕口不提希望未來能夠保持聯絡之類的話。因為真汐的心靈已接受過十足的鍛鍊，即使與日夏分離也不會陷入感傷的情緒。多虧這股強韌的精神力，真汐才能將不必要的感情排出腦外，專心在準備考試上。但如今空閒時間變多之後，真汐反而深刻感覺到日夏所帶給自己的安心感有多麼重要，有時甚至會為此感到胸口一陣酸楚。因為自己有著固執、不可愛、容易與人起衝突、不被任何人羨慕的性格，在接下來的數十年生涯之中，可能再也遇不到像日夏那樣對自己感興趣的人了。相反地，日夏在未來一定還會遇上很多像自己一樣讓她感興趣的對象。一想到這點，真汐便感覺胸口有種喘不過氣的感覺。除了嫉妒之外，似乎沒有更加合適的字眼可以用來形容這股情緒。

看來心靈的鍛鍊還是不夠充分。真汐如此自我反省。但真汐轉念又想，如果是以活得幸福為目標，單靠鍛鍊心靈恐怕是不夠充分的。到底要多麼睿智，才能在生活中不惹出一點風波？到底要多麼美麗，才能在世上受到關心呵護？到底要多麼率真，才能擁有健全的性欲？到底要多麼善良，才能愛如今自己愛不了的人？這些目標是多麼遙遠，令人望之卻步。彷彿有一條悲喜參半的道路自腳下延伸而出，完全看不到盡頭。

真汐再度打開窗戶，故意讓臉頰承受迎面而來的寒風。這讓真汐回想起國中的時候，自己因為毫無意義地反抗教師，而遭日夏打在臉頰上的那一巴掌。就連當時的痛楚，如今也全都化成了酸酸甜甜的回憶。五年後或十年後，自己或許又會萌生想要與日夏見上一面的念頭。或許會想要和日夏說說話，和日夏一同歡笑，即使她不再像從前那樣對待自己也沒有關係。或許會想要看看那柔軟而靈活的肢體動作，想要感受那種被玩弄在掌心時既舒服又不甘心的感覺。如果可以的話，或許還想要一同發掘一些有趣的新事物。

——對了，當初在山下公園，日夏跟我約好了，幾年後要一起去看看空穗變成了什麼模樣。想到這裡，原本憂鬱的臉上漾起了微笑。

有一天，我們將會去看我們最親愛的孩子。

日本暢銷小說102

最親愛的孩子

作者｜松浦理英子
譯者｜李彥樺
封面設計｜蕭旭芳
主編｜徐凡
責任編輯｜丁寧

國際版權｜吳玲緯
行銷｜闕志勳　吳宇軒　陳欣岑
業務｜李再星　陳紫晴　陳美燕　葉晉源
總編輯｜巫維珍
編輯總監｜劉麗真
總經理｜陳逸瑛
發行人｜凃玉雲
出版｜麥田出版
10483台北市民生東路二段141號5樓
電話：(02)2500-7696
傳真：(02)2500-1967
部落格：http://ryefield.pixnet.net
發行｜英屬蓋曼群島商家庭傳媒股份有限公司
城邦分公司
地址：10483台北市民生東路二段141號11樓
網址：http://www.cite.com.tw
客服專線：(02)2500-7718｜2500-7719
24小時傳真專線：(02)2500-1990｜2500-1991
服務時間：週一至週五09:30-12:00｜13:30-17:00
劃撥帳號：19863813　戶名：書虫股份有限公司
讀者服務信箱：service@readingclub.com.tw
香港發行所｜城邦（香港）出版集團有限公司
地址：香港灣仔駱克道193號東超商業中心1樓
電話：+852-2508-6231
傳真：+852-2578-9337
馬新發行所｜城邦（馬新）出版集團
【Cite (M) Sdn. Bhd.】
地址：41-3, Jalan Radin Anum, Bandar Baru Sri Petaling, 57000 Kuala Lumpur, Malaysia.
電話：+603-9056-3833
傳真：+603-9057-6622
讀者服務信箱：services@cite.my

印刷｜前進彩藝有限公司
初版｜2023年3月
定價｜360元

國家圖書館出版品預行編目資料

最親愛的孩子／松浦理英子著；李彥樺譯. -- 初版. -- 臺北市：麥田出版：英屬蓋曼群島商家庭傳媒股份有限公司城邦分公司發行, 2023.03
面；　公分. --（日本暢銷小說；102）
譯自：最愛の子ども
ISBN 978-626-310-368-9（平裝）

861.57　　111019266

ISBN 978-626-310-368-9
電子書 978-626-310-406-8 (EPUB)

城邦讀書花園
www.cite.com.tw